東野圭吾
著／王蘊潔 譯

在大雪封閉的山莊裡

ある閉ざされた雪の山荘で

KEIGO HIGASHINO
東野圭吾
作品集——18

導讀——

當你以爲自己已經猜到謎底，別忘了，你在讀的是東野圭吾！

【第三屆島田莊司推理小說獎首獎得主】文善

通過劇團甄選的七名男女來到一棟民宿，即將在這裡為一齣舞台劇進行四天的排練……看到這樣的簡介，如果你對推理小說有點認識的話，你也許會說：「我知道！這是『暴風雨山莊』的戲碼！」

所謂「暴風雨山莊」，是推理小說中其中一種經典的類型，代表作有克莉絲蒂的《一個都不留》、艾勒里・昆恩的《Y的悲劇》等。這類推理小說的模式，一般是一群人因為某種原因——最常見的有突如其來的暴風雪——被困在一個封閉的空間中——最常見的是一棟山莊或別墅，並且完全斷絕了和外間的聯繫，而在那段時間中，被困的眾人卻一個接一個地被殺，由於外面的人無法進來，兇手就只能是在一同被困的眾人當中。而且由於被困的眾人沒法離開山莊，又不能向外求救，面對一宗又一宗的命案，緊張的氣氛就這樣凝聚起來：一方面害怕自己正是兇手下一個目標，另一方面又懷疑自己以外的每一個人，究竟身邊的人當中，誰是那個冷血兇手？誰又會是兇手的下一個目標？

本來這是很吸引人的設定，可是經過了這麼多年各小說家的「開墾」，這種模式的推理小說漸陷入了形式化的悶局。

就小說的開首看來，《在大雪封閉的山莊裡》的確像典型的「暴風雨山莊」推理小說。

可是不要忘記，你在讀的是東野圭吾。

東野圭吾一九八五年憑《放學後》拿下江戶川亂步獎，之後他便辭去工程師的工作成為專職作家。可是他的作家生涯並沒有因為得獎而一帆風順，一直到一九九九年，他才憑《秘密》獲得日本推理作家協會獎並開始走上人氣作家之路。當中的十四年，雖然作品常常入圍各大小說獎，可是總是和獎項擦身而過。而為了生活，東野圭吾也只有繼續寫作、讓自己持續有作品出版來維持收入。也正是那段不斷創作的日子，讓東野圭吾不單成為多產作家，也成為一名風格多變的作者。雖然他是工科出身，可是他的作品並不局限在機械性詭計；雖然他憑青春校園推理出道，但是他並沒有把自己定位為校園推理作家。甚至最近有關東野圭吾的介紹，都只是介紹他是「暢銷作家」而不是「推理作家」。像他這種跨類型而又獲得空前成功的作者，實在難得一見。

本作於一九九二年發表，也就是東野出道的七年後，這時他繼《放學後》已出版了十四本長篇和五本短篇集。這時他的作品除了非常工整的《迴廊亭殺人事件》、《假面山莊殺人事件》等解謎為主的本格推理，還有帶點社會性議題、探討運動員生命和運動科學的《鳥人計畫》，而後來被稱為「東野圭吾醫學三部曲」其中的兩本《宿命》和《變身》也已經發表。除了推理的層面，在故事的題材上，東野的作品也已經很多樣化，除了之前提到的運動科學和新世代醫學外，還有以芭蕾舞者為主軸的《沉睡的森林》、以科研人員為背景的《布魯特斯的心臟》，當然還有這本環繞舞台劇演員的《在大雪封閉的山莊裡》。

這本小說的靈感，是在東野圭吾迷上舞台劇和音樂劇的初期靈光乍現。小說講述七名舞台劇演員來到一棟民宿，準備為了一套新的舞台劇進行排練，可是他們不僅對這套新劇一無所知，甚至連本來應該帶領排練的導演東鄉陣平也沒有出現，卻只是送來一封信，指示演員他們要排演的竟然是一齣沒有劇本的推理劇，而背景設定更是古典推理小說中的「暴風雨山莊」，劇中的角色，將會一個接一個地「被殺」。

問題是，在四月風和日麗的乘鞍高原，又何來暴風雨山莊？東野在這裡做了個巧妙的設定：如果在四天內和外界有任何聯繫，就會被取消參演的資格。野心勃勃的眾演員，也只好遵守規定，開始演起這齣「暴風雨山莊」戲碼。這部後設味濃的小說，也就這樣推演下去。而因為角色都是演員，在「演戲」這個設定下，一切在「暴風雨山莊」小說中的典型行為，也變得合理而又不顯得重複。

當然，單單是後設小說的形式，也不能滿足現今的推理迷。東野圭吾的小說常常有一個特點：原本很單純推進的情節，會突然急轉直下，走向讀者意想不到的方向。情況就如正在乘坐向下衝的雲霄飛車，但安全帶突然鬆脫一樣。在本小說中，「被殺」的演員一個一個消失，而剩下來的人，漸漸發現一些不合理的狀況，使他們不禁懷疑，這真是一場新穎的舞台劇排練方式，還是背後有人在操控著另一個劇本？

小說採用了雙視點的敘述方式，一方面是第三人的全知視點，帶給讀者客觀的證據，另一方面是以其中一名演員久我和幸第一人的視點，他是七名通過試鏡演員中唯一不屬於同一劇團的，也就是一個外人。在小說中他擔起（或他自以為擔起）偵探的角色，分析著眼下的情況，並進行調查。

「當然不是那麼簡單！我已猜到了！」看到這裡，你腦中大概會這樣想吧，冷血兇手在執行著恐怖的計畫，不明就裡的舞台劇演員，傻頭傻腦地一個接一個墮入圈套……

可是別忘了，你在讀的是東野圭吾。

目次

四季民宿平面圖

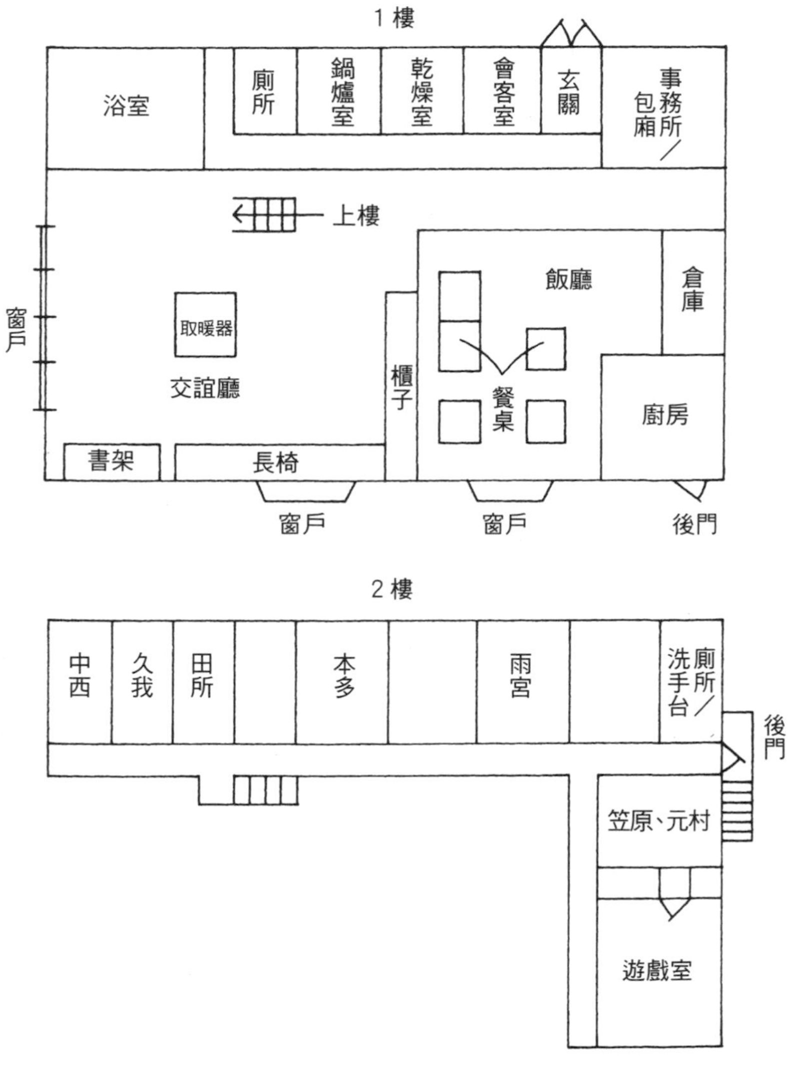
1樓
浴室
廁所
鍋爐室
乾燥室
會客室
玄關
事務所／包廂
上樓
窗戶
取暖器
交誼廳
飯廳
倉庫
櫃子
餐桌
廚房
書架
長椅
窗戶
窗戶
後門
2樓
中西
久我
田所
本多
雨宮
廁所／洗手台
後門
笠原、元村
遊戲室

第一天

1

這裡是「四季」民宿內的交誼廳。

小田伸一調節了大型取暖器的火勢，把手罩在取暖器上，巡視著室內。他的眼神嚴厲，正在確認有沒有遺漏什麼。時間是下午兩點。如果沿路沒有發生重大的意外，客人應該快上門了。

很好。他點了點頭，離開取暖器旁，坐在放在角落的木製長椅上，點了一支菸。他的左腳迅速地抖動著，這是他在等待時無意識的動作，但他立刻發現了自己的不良習慣，在大腿上輕輕拍了一下，停了下來。

正當他打算點第二支菸時，玄關傳來了動靜。

「午安。」

玄關響起一個年輕女人的聲音，接著，好幾個男人和女人的聲音一起打招呼。小田伸一把嘴上的菸放回菸盒，穿越交誼廳，走向玄關。

「喔，歡迎歡迎。」

他向客人打招呼。

「呃，請問您是小田先生嗎？這幾天就麻煩您了。」

「外面很冷吧，請進，請進。」

小田伸一把客人帶進交誼廳。總共有七個人，四男三女，都是二十多歲的年輕人。

「哇噢，這裡好溫暖。」

「對啊，太棒了，明明已經四月了，天氣還這麼冷，我全身都凍僵了。」

年輕的客人很自在地聚集在取暖器周圍。

「呃，請問笠原溫子小姐是哪一位？」

小田伸一看著手上的紙問道，其中一人舉起了手，「是我。」

「好，那元村由梨江小姐呢？」

「是我。」另一個人回答。老闆點了點頭，又接著叫了其他人的名字。他對照著紙上的名字和本人，依次叫了七個人的名字，所有人都回答了。

「好，很好，參加者並沒有改變。現在容我為各位介紹一下這棟民宿的使用方法，其實很簡單，那裡是飯廳。」

他指著交誼廳旁稍微高一點的空間，「廚房在後面，請問你們由誰負責下廚？」

被他這麼一問，幾個年輕人都心虛地面面相覷。

「呃……三餐要我們自己煮嗎？」

笠原溫子代表其他人發問，這次輪到小田伸一露出驚訝的表情。

「三餐？什麼意思？」
「不是由民宿方面提供嗎？」
「不，我沒有聽說這件事。」
聽到老闆的回答，所有客人都露出驚訝的表情。
「請問東鄉老師還沒來嗎？」
高個子的雨宮京介問道，小田伸一轉頭看著他，皺起了眉頭。
「東鄉老師不會來。」
「啊？為什麼？」
「沒為什麼，一開始就是這樣談妥的，只有各位會住在這裡。」
「什麼！」所有人都驚叫起來。
「老師是怎麼和你談的？」
笠原溫子問話的聲音中難掩焦慮，微微挑起兩道眉頭很漂亮的眉毛。
「內容很簡單，他只說劇團的團員要包下這棟民宿四天，三餐和雜務都由你們自行負責，無論民宿的員工還是老闆都不需要留在這裡——就是這樣。東鄉老師沒有直接和我聯絡，是透過中間人傳達了這些指示。」
「所以，接下來的四天，只有我們在這裡嗎？」

五官長得很粗獷的本多雄一問話時的語氣不是很客氣。
「沒錯。」小田回答。
「到底是怎麼回事？老師在想什麼啊？」
雨宮京介抱著雙臂問。
「反正，情況就是這樣，我必須教你們廚房、浴室和鍋爐室的使用方法。」
小田有點不耐煩地對他們說。幾個年輕人不發一語，露出難以接受的表情。
「好，那麻煩你帶我們參觀一下。」
笠原溫子冷冷地應道，然後，轉頭對其他人說，「反正無論怎麼想，都想不出結果。趕快先來聽小田先生介紹這裡的情況，不要造成他的困擾。」
其他人並沒有表示反對。
「我先介紹廚房。你們似乎還沒有分配各自的工作，所以，請所有人一起跟我來。」
小田走出交誼廳，七個年輕人紛紛跟在他身後。
大約三十分鐘後，所有人又回到交誼廳。小田說明完取暖器的使用方法後，來回看著所有人說：
「我的說明到此結束，各位有什麼疑問嗎？」
「我們睡的房間在哪裡？」

元村由梨江問，小田拍了一下手。

「我忘了說，房間都在二樓，有四間單人房、五間雙人房，你們可以隨意挑選。鑰匙都放在每個房間內，二樓還有遊戲室，歡迎各位使用。」

「有撞球嗎？」

田所義雄做出握著撞球桿的動作問。

「有啊。」

「不可以撞球啦，聲音太吵了。」

笠原溫子語氣嚴厲地說，田所義雄露出沮喪的表情，把頭轉到一旁。小田及時為他解圍。

「遊戲室有隔音牆，所以不會有問題，當然，原本並不是為了撞球，而是為了可以彈鋼琴，才特地做了隔音牆。」

「啊，有鋼琴耶，太棒了。」

中西貴子興奮地在胸前握著手。

「還有其他問題嗎？」

小田看著所有人，七個年輕人紛紛搖著頭。

「那我就先告辭了，如果有任何問題，請隨時打電話給我。我就住在離這裡十分鐘車程的地方。電話號碼貼在電話旁。」

說完，民宿主人拿起放在交誼廳角落的皮包，「請各位好好休息，小心火燭。」
「謝謝。」年輕人送民宿主人離開，但每個人都露出沮喪的表情。
小田離開後，七個人頓時放鬆下來。
「這到底是怎麼回事？老師到底想要我們做什麼？」
雨宮京介站在交誼廳正中央問。
「該不會希望藉由團體生活，讓我們學習團隊精神？」
本多雄一跌坐在長椅角落說道，田所義雄聽了，忍不住笑了起來。
「又不是小學的夏令營。」
「我不認為東鄉老師會有這麼幼稚的想法，其中一定有什麼意義。」
笠原溫子雙手扠腰，環視著房子。
「我可以去二樓嗎？我想換衣服。」
大家在思考時，中西貴子若無其事地說，笠原溫子忍不住皺起眉頭。
「好啊，但還沒有分配房間。」
「二樓有九個房間，大家可以挑選自己喜歡的房間。我要選單人房。」
說完，中西貴子拿起一個ＬＶ的大行李袋，沿著交誼廳角落的樓梯上了樓，打開最角落的房間，對著樓下說：「房間很漂亮，你們也上來吧。」

「那我也去看一下。由梨江，妳要不要上去？」

聽到田所義雄相邀，元村由梨江也跟著上了樓。於是，雨宮京介和本多雄一也紛紛上樓。

笠原溫子正準備跟著他們上樓，但發現交誼廳裡還有另一個人。

「你在幹什麼？」

她回頭問道，留在交誼廳的是久我和幸，他抱著雙臂，正看著牆邊書架的方向。

「妳看到了，我正在看書架。」

他回答時的聲音沒有起伏。

「有什麼好看的書嗎？」

「好不好看我就不知道了，只是覺得這些奇怪的書，用很奇怪的方式陳列在書架上。」

「……什麼意思？」

笠原溫子走到他旁邊。久我和幸抱著雙臂，對著書架最上面那一排努了努下巴。

「妳看這裡，有五本不同的書，各有七本。」

溫子看著他示意的方向，忍不住吸了一口氣，然後，戰戰兢兢地伸出手，抽出其中一本。

「這是阿嘉莎・克莉絲蒂的《一個都不留》。」

「除此之外，還有范・達因的《格林家殺人事件》、艾勒里・昆恩的《Y的悲劇》。」

「每本書各有七本，是希望我們每個人都看嗎？」

「也許吧。」

久我和幸微微撇著嘴角，「至少絕非偶然，每本書都是全新的，可見是特地各買了七本。」

「老師放在這裡的嗎？」

「應該是姓小田的老闆放在這裡的，但八成是奉了老師的指示這麼做。雖然我不知道代表什麼意義，如果只是惡作劇，似乎並不好笑。因為這幾本書都是寫其中的角色一個接著一個被殺的故事。」

「為什麼要我們看這種書？」

笠原溫子一臉訝異，把書放回了書架。

不一會兒，其他人換好衣服，從二樓走了下來。等全員到齊後，溫子說了書的事。

「一個都不留嗎？太可怕了。」

田所義雄雖然這麼說，但他臉上笑嘻嘻的。

「什麼意思？是怎樣的故事？」

中西貴子似乎沒有看過這本書，忍不住問其他人。

「是寫十個人在無人島上的房子內，一個接著一個被殺的故事，」雨宮京介向她解釋，「而且，殺人的方法完全按照英國童謠的歌詞內容。《Y的悲劇》則是描寫一個古老家族的成員依次被殺的故事，至於《格林家殺人事件》，我就不知道了。」

「《格林家殺人事件》好像也是寫幾個人住在一棟房子內，接二連三被殺的故事，」本多雄一看著書架說，「其他幾本也很類似，都是很經典的推理小說。」

「喔，我不知道你對這方面這麼有研究，我還以為你喜歡冷硬派推理小說呢。」

田所義雄語帶諷刺地說。

「我姑且當作你在稱讚我。」

本多雄一伸出粗壯的食指，指著田所義雄回答。

「那我各借一本來看。」元村由梨江走向書架，各拿了一本不同的書，「我想，應該是叫我們統統看的意思。」

「我也有同感。」

田所義雄也模仿她，其他人也都拿了書。

「開什麼玩笑，怎麼可能看得完，看那麼多字會頭痛啦。」

中西貴子慘叫著說。

「不想看的話就別看啊，但如果下次見到東鄉老師，他問妳有什麼感想時，妳答不出來，我們也不會幫妳。」

田所義雄抱著五本書，走回長椅時說。不知道是否聽到東鄉的名字後無法反駁，中西貴子很不甘願地站了起來，和元村由梨江他們一樣，從書架上拿了五本書。

「唉，不知道老師在想什麼。」

貴子蹲在取暖器旁，誇張地嘆了一口氣。

正當所有人分頭看書時，玄關的門被人打開了，接著，傳來一個男人的聲音。

「限時信。請問有人在家嗎？」

笠原溫子立刻站了起來。她走去玄關後，快步走了回來。

「各位，是老師的信。」

聽到溫子的話，所有人都把書丟在一旁站了起來，聚集在她身邊。

「這下終於放心了。如果沒有任何指示，我們真不知道接下來該怎麼辦。」

雨宮京介說著，和一旁的由梨江相互點著頭。

「但為什麼用書信的方式？為什麼不打電話？」貴子問。

「安靜點。溫子，妳可不可以趕快唸一下？」

不需要田所義雄提醒，溫子已經從信封中拿出了信紙，準備唸給其他人聽。

「可以嗎？那我唸囉。前略。因為我不想接受你們的提問，所以不打電話，而是用寫信的方式聯絡。我相信你們現在很困惑，但是，這種困惑很重要。因為，這是你們的舞台劇排練——」

「舞台劇排練？」田所驚叫起來，「到底是在排練什麼？」

「田所先生，剛才不是你叫大家安靜嗎？」

久我和幸低聲說道，田所義雄生氣地閉了嘴。

笠原溫子繼續唸了下去。

「那天在試鏡後曾經告訴各位，這次作品的劇本還沒有完成，目前已經決定是一齣推理劇，舞台設定、角色和大致的故事架構都已完成，細節將由你們負責創作。你們每一個人都是劇本作家、導演，當然還是演員。至於這到底是怎麼回事，相信你們在接下來的幾天會逐漸瞭解。」

溫子停頓了一下。

「接下來，向各位說明一下目前設定的狀況。你們身處偏僻的山莊，雖然不遠處就有一個公車站，但暫且忘了這件事。你們七個人來到這棟山莊作客，彼此之間的關係和現實生活中相同，都是即將在同一齣舞台劇中演出的年輕演員。來到山莊的理由不拘，可以當作來散心，也可以說是為了揣摩角色的合宿，每個人可以按照自己的喜好設定。——七個客人在山莊內遭遇了意想不到的狀況。外面下起了一場史無前例的大雪，因此，完全無法離開山莊半步。因為積雪的重量，導致電話線被壓斷，電話也無法使用。更糟糕的是，去鎮上買菜的老闆也沒有回來。無奈之下，你們只能自己下廚，自己燒洗澡水，度過了第一晚。雪仍然下個不停，沒有人來救你們。——這就是你們目前所處的情況。我希望你們思考在這種狀況下，要如何處理接下來會發生的事。同時，必須儘可能牢記自己內心的想法，以及每個人的應對，因為這些情況都將成為作品的一部分，反映在劇本和表演上。為了使這次的作品獲得成功，希望各位全心全力投入。祝各位一切順利。東鄉陣平。——補充：電話其實可以使用，如有任何狀況，小田先生會隨時和我聯絡，但一旦使用電話，或是和外界的其他人接觸，這次實驗就立刻中止，同時取消日前試鏡合格的資格。」

笠原溫子抬起頭，「以上就是老師信中所寫的內容。」

有好一陣子，誰都沒有說話，就連中西貴子也露出沉痛的表情。

「呼，」雨宮京介吐了一口氣，「真有老師的風格，居然提出這麼大膽的想法。」

「所以，老師希望我們透過實踐進入角色。」

笠原溫子把信紙放回信封時說。久我和幸從她手中接過信，再次看了來信的內容，然後對其他人說：

「不光是讓我們進入角色而已，這個指示是要求我們自己創造角色。」

「唉，為什麼東鄉老師老是這樣，他從來沒有按照正常的方式排演過舞台劇。」

中西貴子抓著頭。

「但不得不承認，他也是靠這種奇特的方式出名。」

本多雄一直言不諱。

「但這次也太異常了，」田所義雄說，「居然還特地租借了這棟民宿，其實在劇團的排練室也可以啊。」

「不，不，在排練室就沒那種氛圍了，我倒覺得這個實驗很有意思。」

「我也有同感，覺得好興奮喔。」

雨宮京介和笠原溫子已經躍躍欲試。

「啊喲，我也沒說不想試啊，只是覺得有點累人而已。」

中西貴子說完，挺起豐滿的胸部。

「換一個角度思考，搞不好很有趣，因為在現實中真的無法體會這種經驗。」由梨江小聲嘀咕著，看著窗外，「在大雪封閉的山莊裡……嗎？」

其他人也跟著她看向窗外。窗外晴空萬里，和東鄉老師給他們的設定完全相反。

〈久我和幸的獨白〉

兩天前，收到東鄉陣平的信之後，拉開了這一切的序幕。公布通過試鏡已經一個多月。東鄉陣平在試鏡時說，之後會有進一步指示，卻遲遲沒有接到任何通知，我正感到納悶，所以，收到他的信時，老實說，真的鬆了一口氣。但是，看了信中的內容，再度產生了新的不安。信中寫了以下的內容。

致即將在下次作品中擔綱演出的各位：
為了完成本舞台劇，將舉行特別討論會。地點、日期如下。
地點：乘鞍高原〇〇〇　四季民宿（電話〇〇〇〇　小田）
日期：四月十日至十三日
集合地點和時間：當天四點以前抵達會議地點
＊除了不得向外人透露，也不可以告知其他劇團團員和工作人員，不接受任何有關內容的提問。無論基於任何理由，沒有準時集合者或是缺席者，將取消參加資格，也同時取消試鏡合格的資格。

剛收到信，就立刻接到了溫子的電話。她當然也收到了信，所以找我聊信上提到的事。當天總共有七個人成行，如果去租車公司借一輛廂型車，可以節省交通費，最重要的是，可以防止某一個人遲到。

又不是幼稚園的遠足，沒必要幾個大人一起去吧？而且想到要和田所、雨宮一起相處好幾個小時，心情就不由得感到沮喪，但我轉念一想，能夠長時間和元村由梨江在一起這件事，帶走了這份憂鬱。我考慮之後，答應了溫子的提議。

當天由雨宮和本多負責開車。雨宮開車時，由梨江坐在副駕駛座上這件事讓我不太高興，但在第一個休息站時，田所把她叫到後方的座位，我幸運地坐在她的對面。即使是田所那種人，偶爾也會因為他的輕浮而幫了大忙。所以，縱使他坐在由梨江旁邊，比我有更多機會找她說話，我也沒和他計較。

車上討論的話題都圍繞著不知道要我們在乘鞍的民宿做什麼這件事，溫子認為老師可能希望我們住在那裡，好好討論接下來的這齣舞台劇，但我覺得如果是這個目的，根本沒必要把我們找去深山裡的民宿，最後，抵達目的地時，我們也沒有討論出任何結果。

那家民宿是一棟樸素的山莊，我稍微鬆了一口氣。因為我原本以為是那種為了吸引年輕人，裝潢得好像遊樂園的民宿。民宿老闆小田先生是一名中年男子，看到他之後，就知道他不可能把自己經營的民宿打造得那麼花稍。他看起來很正直淳樸，好像會在晚餐後，拿起一把吉他唱雪山讚歌之類的。得知老闆不會留下時，我有點驚訝，但也同時覺得能夠接受。因為以東鄉陣平至今為止的風格，的確不可能讓外人出現在排練舞台劇的現場。

問題在於東鄉的指示。

看完導演寄來的限時信，老實說，我真的覺得很煩，無法像雨宮和溫子那樣天真地感到興奮。我之前就察覺到導演的才華漸漸開始走下坡，沒想到已經到了窮途末路、江郎才盡的地步。他向來獨斷專行，凡事都由他一手掌控，這也成為他的優點，但如今他居然淪落到要求演員協助他想點子，我看他真的快完蛋了。在他眼中，演員向來都只是棋盤上的棋子而已。不，如果他只是稍微修正他原來的方針，我並不會這樣苛責他，但這種獨斷獨行的奇招只會讓我覺得他那棵漸漸枯萎的才華之樹在做最後的掙扎，而且，這種老掉牙的設定是怎麼回事？他指望我們在這種被用爛的狀況設定下，想出什麼好點子？

不過，即使我一個人唱反調也沒用，反正在這個行業，演員常常不得不聽從導演愚蠢的安排。只要順利度過這四天的時間就好，反正這種遊戲不可能有什麼創造性。

因此，我不妨利用這個機會，達到另一個目的。這次可以和由梨江生活在同一個屋簷下整整四天，只要妥善利用，絕對可以一下子縮短和她之間的距離。

但是，千萬不能大意，因為田所也絕對在打相同的主意。不，我根本沒把那種人放在眼裡，雨宮才是必須小心提防的對象。由梨江基於孩子氣的憧憬，以為自己愛上了他，必須小心她把錯覺發展成真心。

2

——交誼廳。

在笠原溫子的提議下，決定用抽籤決定廚房值日生，今晚由元村由梨江、久我和幸，以及本多雄一負責下廚。他們在廚房準備時，其他人圍在取暖器旁看那五本書。

「雖然目前只知道是一齣推理劇，但從狀況設定來看，我們之中應該有人被殺吧？」

雨宮京介闔上書，雙手抱在腦後，伸出一雙長腿。

「這幾本書都是類似的情節，」笠原溫子回答，「像是《一個都不留》中，十個人統統被殺了。」

「是這樣喔，統統被殺了嗎？所以，這代表還有另一個人躲在這棟房子裡囉。」

中西貴子快速翻著書頁，並沒有仔細看內容，露出一副了然於心的表情點著頭說。

「並不是這樣，那裡除了那十個人以外，並沒有第十一個人。」

「是嗎？不是所有人都死了嗎？兇手也在其中嗎？」

「是啊。」

「為什麼為什麼？快告訴我是怎麼回事。」

中西貴子雙眼發亮，拉著溫子毛衣的袖子說。

「在央求別人告訴妳之前，妳偶爾也該看點書吧。除了個性以外，沒有內涵的人就無法成為名演員。」

田所義雄語帶挖苦地說，貴子用力抿著嘴，狠狠瞪著他。田所若無其事地低頭看書。

「等一下我再告訴妳。」

笠原溫子立刻為雙方解圍，但中西貴子氣鼓鼓地說：

「不用了，我自己看。」

說完，她拿起書，離開其他人，在長椅上坐了下來，把書舉到眼睛的高度看了起來，但這種姿勢不可能持續太久，她立刻把書放在腿上，問其他三個人：

「如果接下來會發生什麼事，會是誰幹的呢？因為除了我們以外，並沒有其他人在這棟民宿。」

「我也在考慮這個問題，」雨宮京介說，「如果所有人都不瞭解情況，不要說殺人，甚至不可能引發任何事件。所以，只有一個可能，就是除了我們以外，還會有其他人出現。」

「除了我們以外，還有其他人參與表演嗎？」

田所問，笠原溫子也張大眼睛問：

「老師在試鏡時也說了，只有我們這幾個人參加表演。」

「我也記得他曾經這麼說，但如果不這麼想，根本無法合理解釋啊。」

其他三個人似乎也認為雨宮京介的意見有道理，所以都沒有說話。

這時，本多雄一走了進來。

「晚餐煮好了，各位要馬上吃嗎？」

「我要吃，」中西貴子說：「今晚吃什麼？」

「咖哩。」
聽到本多的回答，田所義雄忍不住笑了起來。
「簡直就像是運動隊的合宿或是童子軍，為什麼不煮點像樣的晚餐？」
「什麼是像樣的晚餐？」
「像是牛排啦，奶油燉肉之類的。」
「那明天你做就好啦。」
雄一微微脹紅了臉，面露慍色。
「喂，你們不要為這種無聊事吵架。」
笠原溫子露出不耐煩的表情站了起來，「田所，是你不對。咖哩很好啊，我相信你應該知道，目前設定的狀況是，這裡是被大雪封閉的山莊，哪有資格挑三揀四？如果你仍然感到不滿，那就請你自己出去吃法國全餐，想吃什麼就吃什麼，沒人會攔你，但你要知道，你一旦這麼做，就失去了資格。」
笠原溫子像開機關槍一樣說完後，田所義雄把臉轉到一旁，本多雄一得意地輕輕笑了起來。
久我和幸和元村由梨江從廚房推著餐車走了出來。
「各位，晚餐準備好了，請各位入座吧。」

聽到由梨江的聲音，所有人紛紛走向飯廳，坐到把兩張四人桌併成的八人餐桌旁。確認所有人都坐下後，久我和幸把飯裝進盤子，遞給由梨江。她淋上咖哩，本多雄一附上湯匙，放在每個人面前。

「好香，真是令人食指大動。」

坐在最角落的雨宮京介用力吸著鼻子。

「已經拿到的人可以先吃啊。」

元村由梨江看到大家都沒有開動，忍不住說，最後大家還是等負責煮晚餐的人入座後，才伸手拿湯匙。有幾個人低聲地說：「開動了。」

大家都沒有說話，只聽到湯匙碰到盤底，和水倒進水杯的聲音。

田所義雄最先開了口。

「接下來的四天，廚房值日生的分組都不會改變嗎？」

「對啊，」笠原溫子回答，「否則，每個人輪到的次數不一樣，不是很不公平嗎？」

「你對目前的分組有什麼意見嗎？」中西貴子問。

「我不是這個意思，如果人數一直不變，現在這樣當然沒問題，但接下來可能會有改變啊。」

「為什麼會改變？」溫子問。

田所義雄撇著嘴角笑了笑。

「妳這麼快就忘了剛才說的話嗎？因為接下來，我們之中可能有人被殺啊，到時候，人數不是會改變嗎？」

「有人被殺？什麼意思？」

久我和幸不是問田所，而是問笠原溫子。她把剛才和雨宮京介他們之間討論的事告訴了幾位值日生。

「對喔，接下來有可能會發生殺人命案。」

本多雄一注視著很快就吃得精光的盤子，「但並不是真的死了，不需要考慮廚房值日生的問題吧。」

「這就太奇怪了，東鄉老師指示我們要完全融入角色，所以，演被殺的那個人不能出現在我們面前，當然也不可以和我們一起吃飯。」

「其他人也要把那個人當成不存在，」中西貴子巡視著所有人，「演那個角色的人真倒楣。」

「但現在考慮這個問題不是很奇怪嗎？」

元村由梨江開了口，「因為我們現在應該已經融入各自的角色了，所以，應該對接下來會發生的事一無所知。我們現在要考慮的是什麼時候能夠離開這裡，會不會有救助隊來營救我們？」

雖然她的語氣很平靜，但反而發揮了說服的效果，所有人都閉了嘴。她又補充說：

「這頓晚餐也一樣，因為我們根本不可能帶著優雅的心情吃飯，搞不好也沒什麼食欲，但又必須攝取營養，所以才決定做咖哩。」

這和笠原溫子剛才對田所義雄說的話大同小異，中西貴子似乎想到了這一點，看向田所的方向噗哧一聲笑了起來。田所一臉不悅。

「那我要再來一碗咖哩飯。」

本多雄一突然開了口，然後站了起來，「因為誰都不知道我們會被關在這裡多久，所以要多儲存一點能量。」

中西貴子也跟著添了飯。

〔久我和幸的獨白〕

田所義雄真是個笨男人。觀察笨人可以打發無聊，但看到像他那麼笨的人，反而會生氣。誰都知道他為什麼提出廚房值日生的事，他想和由梨江同一組，卻扯到什麼有人要演被殺的角色，結果由梨江指出他邏輯上的矛盾，他立刻啞口無言，真是笑死人了。

田所還沒有察覺，其實我也在打由梨江的主意，他只鎖定雨宮，我當然要好好利用這個可乘之機。

飯後，我們這幾個廚房值日生再度回到廚房，剛才準備晚餐時，本多雄一在旁邊，所以我沒有機會和由梨江單獨聊天，現在本多在清理飯廳，正是天賜的良機。

我把擦乾淨的餐盤放回餐具櫃，聊到了由梨江今年冬天演的那齣舞台劇。她停下正在洗餐盤的手，皺起眉頭。

「我不太願意回想那個角色。」

「為什麼？」

「因為我直到最後，都無法好好發揮演技，好像整齣舞台劇都被我一個人毀了……」

由梨江垂頭喪氣地嘆著氣。

「我可不這麼認為，妳難得演壞女人，讓人有一種全新的感覺。」

「稱讚我的人都這麼說，但這和我本身的演技無關，不是嗎？看來大家都覺得我的演技不合格。」

「妳的自我目標很高。」

「沒這回事，我真的還很嫩。」

由梨江搖著頭，繼續忙著洗碗。

看到她的反應，我終於瞭解，原來她有自知之明。事實上，正如她自己所說的，她在今年冬天那齣舞台劇中的演技並不理想。她甚至無法區分發自內心深處的憤怒，和歇斯底里之間的區別，對所愛男人的感情表達方式也很膚淺，她演的明明是一個必須讓觀眾恨之入骨的壞女人，卻被她演成一個小壞壞，這根本沒有真正表達舞台劇的精神。

雖然最大的原因就是選錯了人來演這個角色，但劇團會找之前只演過千金小姐的由梨江來演第二女主角的壞主人，背後的原因當然不單純。那時候，我還不是「水滸」劇團的人，不是很瞭解詳情，但聽說她父親和財界關係很好，向劇團提供了全面性的贊助，顯然和這件事有密切的關係。她的父親向來喜歡戲劇，可能希望為她參與這齣戲的表演，為她能夠成為演技派演員鍍一層金吧。

我忍不住瞄了由梨江的臉一眼。我覺得即使她不靠父親的力量，在劇團內的地位也和現在沒有太大的差異。雖然她的演技令人不敢恭維，但她的美貌足以讓她可以在舞台上亮相。最好的證明，就是她之前通過試鏡時，其他女人嫉妒的不是她的境遇，而是她的容貌。

我至今沒有忘記一年前，第一次看她表演時的情況。那齣舞台劇故事平淡無聊，再加上由梨江的演技也不值得一提，但她的可愛立刻擄獲了我的心。之後，只要有她演的舞台劇，我每齣必看。

我要設法接近她——我開始認真思考這件事。

機會終於來了。水滸劇團的導演東鄉陣平對外公布，下一齣舞台劇的演員要透過試鏡甄選，無論團員或是非團員都可以報名參加試鏡。

當時，我還在一個雖然有名，但經營狀況堪慮的劇團，很多演員都對這個劇團未來的發展不抱希望，紛紛求去，我平時打工的時間還比排練的時間更多。

參加試鏡的條件很簡單，只要有意願參加東鄉陣平新戲的人，都可以報名參加，只是不知道將演出什麼戲，也不知道會被要求怎樣的角色，以及要錄取多少人。

我毫不猶豫地報名參加了。我猜準了身為該劇團演員的元村由梨江也會參加那天的試鏡，而且，她會順利被選上。也就是說，只要我能夠通過試鏡，就可以和她有所交集。但是，我也做好了心理準備，一旦無法入選，可能一輩子都不會再有機會和她說話了。同時，我也認真地認為，這是我有機會成為一名成功演員的最後機會。

我順利通過了書面審查，在試鏡當天造訪了考試會場。來試鏡的人大約有三百人，不出所料，其中有數十人都是水滸劇團的團員。剩下的其他試鏡者中，有百分之九十都是不自量力的外行人，所以，我確信只有劇團的團員才是我的對手。

那天同時舉行的第二輪試鏡只剩二十幾人，除了我以外，只有兩個人不是該劇團的團員。那兩個人都是年輕女人，外貌還不錯，卻缺乏個性，顯然不會入選。

三天後舉行的最終試鏡時，要求演員實際進行表演。劇團方面準備了幾個將莎士比亞作品改編成現代風格的劇本，試鏡者可以從其中挑選自己喜愛的劇本表演。我選了《奧塞羅》。

一方面因為我以前曾經演過，再加上我喜歡這個角色。評審的反應還不錯，有幾個人頻頻點頭。那時候，我就確信我會通過。

其他試鏡者都挑選《哈姆雷特》、《羅密歐與茱麗葉》這些大家耳熟能詳的劇目，我以為所有年輕女人都想演茱麗葉，沒想到大家都對這個角色敬而遠之。但是，當我得知元村由梨江演的是茱麗葉後，立刻對這件事釋懷了。因為一旦和由梨江演相同的角色，評審就會拿來和她比較，其他女生都很清楚，自己絕對比不上她的美貌。

她們的算計似乎很正確。除了由梨江以外，只有一個人演茱麗葉，合格名單中沒有她的名字，但我覺得她的演技比由梨江出色好幾倍，所以果然是因為演了相同的角色而吃了大虧。那個女生的外貌對當女演員來說很吃虧，如果是程度比較差的評審，很可能會受到在她之前表演的由梨江的美貌迷惑，無法做出正確的判斷。

最後，有七個人入選。除了水滸劇團的團員以外，我是唯一通過試鏡的人。試鏡後，我和其他人見了面，大家相互自我介紹，只有田所義雄毫不掩飾地露出把我當外人的眼神。看到他的那種眼神，我立刻知道這個人的個性很卑劣，而且，在試鏡時，我就看出他對元村由梨江有意思。我暗自下定決心，如果沒有必要，一定要避免和他說話。

雨宮京介和笠原溫子就是每個劇團都會有的那種優等生領導者，雖然在表演上沒有太大的實力，但頗具領導能力。我在試鏡時就發現，本多雄一乍看之下很粗獷，不拘小節，在表演方面卻很有實力。至於中西貴子，並不是空有美貌，還頗具才華。

然後，就是元村由梨江。

雖然我是新加入的，但她對我親切和藹，我猜想她應該富有博愛精神。我認識好幾個表面博愛，內心充滿算計的人，她顯然和那種人不一樣。雖然不得不說，她的表演天分在七個人中墊底，只不過對我來說，這件事並不重要，重要的是，她適不適合成為我終生的伴侶。

我一定要充分利用這個機會——我瞥著正在用力擦拭咖哩餐盤，發出嘰嘰聲音的她，再度在內心發誓。

之後，我們聊了一下舞台劇。雖然我只在小劇場演出，她似乎對我曾經演過那麼多齣舞台劇感到驚訝。沒什麼了不起啦。我故意表現得很謙虛，但如果她能夠察覺到，雨宮京介其實並沒有像她以為的那麼出色，那我就穩操勝券了。

「久我先生，你為什麼想當演員？」

由梨江問我。太棒了！這代表她對我產生了興趣。

「也沒有特別的原因，」我回答說：「我做過很多行業，也演了戲，結果發現自己很適合表演，所以就情不自禁地投入了——差不多就是這樣吧。」

「原來是這樣，但這代表你有這方面的天分啊。」

由梨江看我的眼神似乎和之前不一樣了。

「由梨江，妳呢？為什麼會當演員？」

我假裝不經意地直接叫她的名字，這是我第一次叫她的名字，如果她沒有露出不悅的表情，就代表我在她心目中的地位有所提升。

「那是我從小的夢想。我父親喜歡戲劇和音樂劇，經常帶我一起去觀賞。久而久之，我也希望自己有機會站在華麗的舞台上。」

她雙眼發亮地回答。這種情況並不罕見，有錢人家的千金小姐想要當演員，通常都是這種模式。

「所以，妳實現了兒時的夢想，太棒了。」

我故意奉承道，幾乎所有的女人都吃這一套。

「只是我還有很大的進步空間，也有很多要學習。我今年打算去倫敦和百老匯，不光是觀賞表演而已，而是想要認真學習表演藝術。」

口氣還真大。有錢人果然和我們想的不一樣。

「妳一定可以的。」

我毫無根據地斷言。

由梨江看著我嫣然一笑，但我發現她的眼中閃過一抹陰霾，那是從夢中回到現實的眼神。難道有什麼問題嗎？

我原本打算繼續和她聊下去，但本多雄一整理完飯廳回到廚房，我們就此打住了。在第一晚就聊了這麼多算是不小的收穫，我也無法忘記她的眼神。

整理結束後，走出廚房，發現雨宮京介和田所義雄兩個人坐在交誼廳看書。應該就是那幾本推理小說。那就請你們好好看吧，所有的經典推理小說都裝在我的腦袋裡。

「雨宮先生，溫子她們呢？」

由梨江問。田所似乎很不滿由梨江為什麼不問他，他抬起頭，臉頰上的肌肉微微抽搐著。

「去洗澡了，」雨宮說，「她們說，要好好享受溫泉地。」

「是喔。」

她露出思索的表情。如果她去洗澡，我也打算利用這個時間去洗澡，所以沒有坐下來，假裝欣賞著貼在牆上的風景照片。我斜眼瞥向田所義雄，發現他也在注意由梨江的動向。

最後，她沒有去洗澡，偏偏坐到雨宮京介身旁，然後針對推理電影這個話題，聊了一些沒有實質的內容。我忍不住想要咂舌，但田所義雄比我更沉不住氣。他拿著看到一半的書站了起來，走到他們面前，居然大剌剌地把椅子拉到他們面前坐下來說：「我也想瞭解一下推理電影。」硬是擠了進去。

由梨江和雨宮雖然沒有露出不悅的神情，但內心一定覺得他很礙事。無論如何，他的行動成功地阻止了那兩個人的關係有進一步的發展，所以，這次我暗暗對著田所乾瘦的背影發出聲援。

「久我，要不要來喝一點？」和我一樣無所事事的本多雄一對我做出拿杯子喝酒的動作，「我帶了蘇格蘭威士忌，雖然只是便宜貨。」

「好啊，我陪你喝。」

本多把從房間裡拿來的酒倒進杯子，我們面對面坐在飯廳的餐桌旁。本多也邀請雨宮他們一起加入，但他們只應了一聲，三個人都無意加入我們。

「聽說你以前在『墮天塾』？」

本多喝著用自來水兌稀的酒問我。

「是啊。」

「難怪在試鏡時，我就覺得你與眾不同，聽說『墮天塾』很嚴格。」

「但劇團本身太古板了，年輕的演員在那裡都待不久，再加上有點保守，所以，票房也不如以前了。」

「是嗎？我去年看了《伯爵的晚餐》，覺得很有趣。」

「那齣舞台劇的確還不錯，但也因為那齣舞台劇引起了內部紛爭。原本打算從不同的角度詮釋吸血鬼的故事，年輕演員認為太無趣了，於是就徹底融入了玩興，結合了後設劇場的概念，沒想到按照傳統方式表演多年的演員，認為自己辛苦多年累積的表演技巧遭到了否定，所以就很不爽。」

「之前，『墮天塾』幾乎都是以演莎士比亞為主。」

「是啊，只要沒戲唱了，就找哈姆雷特來幫忙。但這幾年，戲劇界整體不都有這種傾向嗎？都喜歡演經典劇目。」

「比起獨創的劇本，演這種懷舊的劇目更能吸引票房，反正每個劇團都越來越商業化了。」

本多雄一點了點頭，又開始小口喝著兌水酒。雖然他說話的語氣還是那麼粗俗，但第一次看到他那麼熱中地談論一件事。看來他真的很喜歡表演藝術。

「說到莎士比亞，你演的《奧塞羅》真不錯，我是說試鏡的時候。」

「喔，原來你是說那個，那只是苦肉計。」

雖然我完全不這麼認為，但還是謙虛地這麼表示，「我記得你當時演的是《哈姆雷特》？」

「我演得太粗糙了，而且那次居然超緊張的。」

本多露出苦澀的表情說。

「不，沒這回事，在很多缺乏個性的制式化演技中，你的表演很突出。」

田所義雄是制式演技的最佳代表，但他正忙著和雨宮競爭誰能夠爭取到更多和元村由梨江說話的機會。
「對於那次的演技考試，我有一個疑問。」我說。
「喔，有什麼疑問？」
「除了元村小姐以外，還有一個人演茱麗葉，頭髮短短的，臉有點圓。」
「喔，原來你是說她。」本多雄一緩緩點頭，「她叫麻倉雅美。」
「對，對，好像是這個名字，我納悶的是，為什麼她沒有入選？我看她的演技，以為她絕對十拿九穩。」
「嗯，她的演技的確很受好評，對，沒錯。」
本多似乎有點吞吞吐吐，「但是，每個評審的印象分數不同，而且，也會受到個人喜好的影響，所以，試鏡這種事，在很大程度上取決於運氣。」
「那倒是，但是，我真希望有機會再度看她演戲。她叫麻倉小姐嗎？如果她是水滸劇團的團員，以後應該有機會見到她。」
我在說話時，察覺到有視線看著我，轉頭一看，發現雨宮京介他們已經停止討論，都同時看著我。
「麻倉怎麼了？」雨宮問。
「不，沒什麼，」本多回答，「久我說，他看了麻倉的表演，很佩服她的演技。」

「你是說她演的茱麗葉吧？」由梨江挺直身體，「她演得太棒了，我也深受感動。」

「真希望有機會和她聊一下。」

聽到我這麼說，其他幾個人都露出一絲慌亂，雨宮京介隨即說：

「嗯，等回去之後，可以介紹你們認識。」

「拜託了。」

「你這樣輕易答應沒問題嗎？」

剛才聽著我們對話的田所義雄輕輕瞪了雨宮一眼。

「應該沒問題吧。」

「是這樣嗎？」田所站了起來，「好了，那我去洗澡了。」

本多雄一也站了起來。

「那我今晚也到此結束，你還要喝嗎？」

「不，不用了。」

我很想問田所剛才那句話是什麼意思，但對他們來說，似乎是一個尷尬的話題。我整理了杯子，走回交誼廳時，雨宮和由梨江已經離開了。

我的房間在二樓第二間單人房，左側是中西貴子的房間，右側是田所義雄。我關心的由梨江和笠原溫子一起住在遊戲室隔壁的雙人房。雖然我完全無意在半夜三更偷偷溜進她的房間，但想到她不是一個人住，就覺得有點掃興。話說回來，這招可以有效預防田所半夜去騷擾她，由梨江也不會因為和雨宮之間發生肉體關係而有急速進展。

我趁沒有其他人的時候去泡了澡，換了代替睡衣的運動衣褲來到交誼廳，很遺憾地發現沒有一個人，也就是說，元村由梨江也不在。我走上樓梯，想到那幾個女生可能在遊戲室，就走向遊戲室。

走在走廊上，可以看到下方的交誼廳和飯廳，另一側是各個房間的門。走廊在經過飯廳上方後，有一條和長走廊呈直角的岔道通往遊戲室，站在岔道上，也可以看到下方的飯廳。如果沿著長走廊一直向前走，就是逃生口。

站在遊戲室門口，聽到裡面隱約傳來鋼琴聲。我打開門。雖然我開門的聲音並不大，但演奏戛然停止。

中西貴子正在彈琴，笠原溫子站在她旁邊看樂譜。兩個人都同時回頭看著我。

「對不起，」我向她們道歉，「我無意打擾妳們。」

「啊喲，沒關係，你要不要彈？」

中西貴子打算站起來，我搖著雙手。

「不，我不太會彈鋼琴，請妳繼續彈。妳剛才彈的是莫札特的〈安魂曲〉吧？」

「我正在練習。」

貴子說完，和笠原溫子互看了一眼。我仔細一看，發現那並不是真正的鋼琴，而是會發出電子音的電子鋼琴。

既然元村由梨江不在，我也無意逗留，但就這樣轉身離開似乎很奇怪，於是，我巡視了室內。除了撞球桌以外，還有足球遊戲機，和沒有打開電源的彈珠台。牆上掛了一個好像小學教室裡常見的老舊擴音器，可能是用來呼叫客人的吧。擴音器旁掛著飛鏢的靶，卻找不到飛鏢。有一扇看起來像是儲藏室的門，飛鏢可能放在那裡面吧。

「久我，你會撞球嗎？」

貴子問我。我回答說，不太會。

「那要不要玩一下？我也好久沒玩了。」

「不，我打算上床睡覺去了。」

「是嗎？那就明天吧。」

「好，明天來撞球。那就晚安囉。」

我打開門時說道。晚安。兩個女生同時回答。

由梨江和笠原溫子的房間就在遊戲室隔壁，這代表由梨江現在獨自在房間內。我站在她的房門前，打算向她道晚安。旁邊的牆上剛好有一面鏡子，我照了一下鏡子。嗯，挺帥的。

但是，我從鏡子中看到田所義雄從房間裡走了出來。他瞥了我一眼，沿著走廊快步走了過來。

「你在幹嘛？」

他氣勢洶洶地問。我在幹嘛關你什麼事？我有必要回答你嗎？雖然我很想這麼說，但還是把話吞了下去。

「我剛才去遊戲室，中西小姐在裡面。」

我故意沒有提笠原溫子的名字，是因為不想讓他知道由梨江獨自在房間內。「你呢？」

「我要去上廁所。」

說完，他沿著長走廊直走。我回到房間後，一直伸長耳朵聽著右側房間的動靜。雖然我知道不太可能，但還是擔心田所那個傻瓜會硬闖由梨江住的房間。聽到他回房間的動靜後，我才終於安心地躺在床上。

3

——遊戲室。

久我和幸離開後，過了一會兒，中西貴子坐在撞球桌的角落說：

「他感覺滿不錯的，五官長得有點像混血兒，身材也很好，如果再高個五公分，就一百分了。」

「但我不喜歡這種類型的，有點搞不清楚他在想什麼。」

笠原溫子微微偏著頭。

「因為他不是我們劇團的人，所以會有這種感覺。」

「但還是會覺得有點討厭，他說話彬彬有禮也讓人覺得怪怪的，搞不好他在心裡根本看不起我們。」

「不可能啦，妳想太多了。他有什麼好看不起我們的？」

「像是身為演員的實力，或是人品，還有其他的。雨宮也說，他很有實力，你還記得他在試鏡時的演技嗎？」

「當然不可能忘記。」中西貴子扭過身體，「尤其是舞蹈考試的時候，他太有品味了，又很性感。看到他的表演，我的子宮都忍不住不停地收縮。」

「妳也太誇張了，」笠原溫子苦笑著說，「但他的演技真的很出色，舞蹈也是，他演《奧塞羅》的演技也很棒。他那麼有實力，卻一直沒有機會，所以才會被埋沒。那種人會對我們這種在演藝生涯方面相對比較幸運的人，有一種近似憎恨的感情。」

「那我就去融化他的憎恨。」

中西貴子像蛇一樣扭著身體，突然收起笑容說：「算了，不搞笑了，我也差不多該去睡覺了。」
「我也覺得這樣比較好，妳好像有點醉了。」
她們兩個人已經喝完一瓶從房間裡帶來的葡萄酒。
「好吧，妳還要繼續彈嗎？」
「嗯，我再彈一個小時左右。」
「妳好認真喔。」貴子說完，伸了一個懶腰，「那就晚安囉。」
「晚安。啊，對了，可不可以麻煩妳去把交誼廳和飯廳的燈關一下？」
「好，好。」
中西貴子頭也不回，把手伸到頭頂上搖了搖回答。
遊戲室內只剩下笠原溫子一個人時，她把耳機戴在頭上，把插頭插進了電子鋼琴的插孔內，然後彈了起來。
她默默彈了大約一個小時，不時按摩雙手，轉動肩膀，挑選樂譜，除此以外，幾乎沒有休息，一直在練習。電子鋼琴上放了一個小時鐘，已經指向十二點多了。
正當她準備重新彈不知道第幾首曲子時，遊戲室的門緩緩打開了。
但是，溫子並沒有察覺。電子鋼琴放在和門口相反方向的牆邊，所以，她一直背對著門彈鋼琴，況且，她戴著耳機，正專心地彈奏著。

入侵者彎著身體，小心翼翼地向前走，以免發出任何聲音。那個人的身體壓得比撞球桌更低，走向她背後。

當入侵者站在笠原溫子背後時，她仍然專心地彈著琴。只有她自己能夠聽到琴聲，寂靜中，只能隱約聽到敲鋼琴鍵盤的聲音。

入侵者突然站了起來，笠原溫子可能察覺到動靜，或是看到了電子鋼琴表面反射的人影，停下了手，但是，她還來不及轉身，入侵者已經毫不猶豫地用耳機的線，從她的背後勒緊她的脖子。

只有那個剎那，笠原溫子發出了聲音。她應該一時之間不知道發生了什麼事。她身體用力向後仰，然後開始掙扎，試圖扯掉卡進喉嚨的耳機線。椅子倒在地上，她也倒在地上。

但是，入侵者並沒有鬆手，繼續用力勒緊耳機線。

不一會兒，笠原溫子手腳不再用力，全身也軟了下來。但是，入侵者仍然沒有放鬆手上的力道。

確信她終於停止呼吸之後，入侵者才鬆開耳機線，然後，走到入口，關上了遊戲室的燈。入侵者解開纏在溫子脖子上的耳機線，拖著屍體。黑暗中，只聽到屍體和木板地面摩擦的聲音。

第二天

1

——早晨的交誼廳。

牆上的時鐘指向七點。第一個起床的是雨宮京介。他巡視交誼廳，確認沒有人比他更早起床後，為取暖器點了火。窗外是一片和昨天相同的晴空。

「喔，你真早啊。」

久我和幸走出房間，低頭看著樓下的雨宮打招呼。

「早安，因為今天早上輪到我做早餐。」

「但其他人好像還沒起床。」

久我說著，拿著毛巾和牙刷走向盥洗室。

不一會兒，田所義雄、元村由梨江也陸續走出了房間。

「早安，昨晚睡得好嗎？」

走去盥洗室途中，田所問由梨江。

「睡得很好，好像比平時睡得更沉。」

「妳一定累壞了。」

不知道是否被他們的說話聲吵醒，本多雄一也起來了。

洗完臉，由梨江說要回房間保養臉部，四個男人就在交誼廳等幾個女生下樓。雨宮和本多看著書，久我和幸做著伸展操。田所義雄似乎想不到該做什麼，起身走向玄關。

「你去哪裡？」

雨宮京介抬起頭問。

「我想去看看有沒有報紙。」

田所冷冷地回答。

「或許有送來，但不可以去拿吧。」雨宮說，「難道你忘了？這裡是被雪封閉的山莊，按照這樣的設定，不可能有人送報紙來。」

田所露出恍然大悟的表情，他可能真的像雨宮說的那樣，忘了這件事，但他拍了拍脖頸說：

「我雖然沒忘，但既然什麼都沒有發生，就覺得這樣嚴格遵守也沒有意義。」

說完，他又坐回原來的座位。

元村由梨江終於從房間走了出來，她走到樓梯的一半時，巡視了其他人，問交誼廳裡的那些男人：

「咦？溫子呢？」

「不知道，」雨宮京介回答，「早上到現在還沒見到她。」

「奇怪，」由梨江偏著頭走下樓梯，「我起床的時候，她的床上沒有人，所以，我也沒有見到她。」

「她該不會出去了？」

本多雄一嘀咕道。

「不，這不可能，」雨宮立刻否定了他提出的可能，「她不可能忘記這裡是被雪封閉的山莊這個背景設定。」

「啊喲，各位真早啊。」

站在樓上尖聲說話的是睡得頭髮亂翹的中西貴子，她剛起床，還沒有洗臉。

「貴子，妳知不知道溫子在哪裡？——妳不可能知道吧。」

雨宮問了之後，又自己否定了。

「溫子？她不在自己房間嗎？」

「到處都找不到她。」元村由梨江回答後，偏著頭，「對了，溫子昨晚幾點回房間的？我先睡了，沒有看到她上床。」

「所以，在我離開後，她繼續彈了很久。」

中西貴子用力抓了抓凌亂的頭髮。

「她該不會睡在遊戲室吧？」

貴子睡眼惺忪地走到遊戲室前，打開了門。由梨江他們擔心地抬頭看著她。

「這裡也沒有……咦？」

探頭向遊戲室內張望的貴子走了進去，幾秒鐘後，她從遊戲室中衝出來時已經完全清醒了。「各位，糟了，溫子消失了。」

——遊戲室。

當其他五個人走進來時，貴子遞給他們一張紙。

「這張紙掉在地上。」

雨宮京介伸出手，但田所義雄率先搶了過去。

「這是什麼？這是怎麼回事？」

「上面寫什麼？」由梨江問。

「設定二，關於笠原溫子的屍體。屍體倒在鋼琴旁，脖子上繞著耳機線，有被絞死的痕跡。身上穿著紅色毛衣和牛仔褲，發現這張紙條者，就是發現屍體的人——上面是這樣寫的。字寫得真難看，可能是為了掩飾筆跡吧。溫子似乎設定成被人殺害了。」

田所把紙交給由梨江，其他人也伸長脖子看了紙上寫的內容。

「這下可不妙了，」雨宮京介用右拳輕輕打著左掌說，「就像昨天說的，劇情設定為在這裡發生殺人命案，但沒想到溫子扮演被人殺害的角色。」

「但是，她到底去了哪裡？」中西貴子不安地問。

「可能偷偷溜出去了吧，」本多雄一說，「因為不可能一直躺在那裡假扮屍體，死人在山莊內走來走去也很奇怪。」

「半夜三更，她能去哪裡？」

「這我就不知道了，搞不好在這附近租了另一棟民宿。」

「八成是這樣。」雨宮京介也表示同意。

「沒想到完全被溫子騙了，」田所義雄說完，嘆了一口氣，「她昨天還假裝什麼都不知道。」

「不，笠原小姐不一定知道劇情。」

提出這個意見的是久我和幸。其他人都露出不解的眼神看著他。

「因為既然是命案，就應該有兇手。搞不好只有兇手知道劇情，笠原小姐昨晚突然接到那個人的指示，要她扮演被殺的那個角色。」

「嗯，這個可能性更高。」

雨宮京介立刻表示支持，「那我必須收回昨天說的話。我說可能會有新的人物出現，現在看來，不一定需要這麼做，不，應該說，這種可能性很低。」

「你的意思是說，我們之中有人知道劇情嗎？」田所依次看著所有人的臉後說：「然後那個人按照東鄉老師的指示行事，卻假裝什麼都不知道。」

「你別露出這麼可怕的表情，搞不好這個人就是你。」貴子說。

「不是我。」

「好，那這麼辦，」雨宮京介拍了一下手，「我們不要說這個人是知道劇情的人，而是稱之為『兇手』。這個人是殺死溫子的兇手，反正，我們接下來必須推理出誰是這個兇手。」

「舞台劇終於開演了。」

由梨江雙眼發亮。

「沒錯，就是這麼一回事。貴子看到溫子的屍體發出慘叫，我們聽到叫聲後，衝到這個房間。」

「我才沒有慘叫。」

「姑且當作妳有叫嘛。」

「我不是這個意思，我是說，我根本嚇得叫不出來了，一定會癱在地上爬出房間，然後向大家招手求救。」

「嗯，這樣不錯，」本多雄一點點頭，「這種表演方式更有感覺，慘叫太老套了。」

「好，然後我們就衝到這個房間，看到了屍體。接下來呢？」

雨宮環視所有人，徵求大家的意見。

「叫著溫子的名字跑過去之類的吧……」元村由梨江說了之後，又搖了搖頭，「不，這不可能，一定會因為害怕而不敢靠近。」

「這樣的反應比較合理，」田所義雄說，「所以，只有我們幾個男生靠近屍體。不是我自誇，我以前在醫院打過工，不怕看屍體，應該比任何人更早靠近溫子。」

「好，那我就站在你身後探頭看。」雨宮說。

「那我也這麼做，我怕屍體。」本多說。

久我和幸沒有說話，呆然地站在房間中央。

田所義雄單腿跪在鋼琴旁，假裝在探頭檢視不存在的屍體。

「首先測量她的脈搏，確認她已經死了，但還不能立刻得出她是被人殺死的結論。因為有可能是心臟出了問題，或是從椅子上跌落，不小心撞到頭而死。」

「但她的脖子上不是繞著耳機線嗎？正因為看到這樣，我覺得是被人殺害的，才會嚇得腿軟啊。」

中西貴子噘著嘴抗議。

「即使這樣，也需要確認啊，妳也有看錯的可能性。所以，要仔細檢查脖子上的勒痕，才終於做出結論，她果然是被人殺害的。」
「要報警。」
本多雄一說完，站了起來，但立刻攤開雙手，「我猜想應該有人這麼說，但在這裡做不到，因為電話不通。」
「所以，我們必須自己解決這個問題。」
由梨江露出有點緊張的神情。
「我的話，應該會問你們，到底是誰幹的？因為兇手就是我們其中之一。」
田所義雄斷言道。
「應該不會有人回答。」中西貴子說。
「所以只能靠推理了，首先來推斷犯案時間。」
「有辦法推理出來嗎？」本多問。
「昨天晚上，最後一個見到溫子的是誰？」
田所問其他人，貴子戰戰兢兢地舉起手。
「我想應該是我。我們一起練鋼琴，但我先回房間了，那時候大約十一點左右。」
「之後有人見到溫子嗎？」

沒有人回答田所的問題。他點了點頭，轉頭看向貴子的方向，「溫子原本打算要彈多久？」

「我記得她說要再練習一個小時左右。」

「一個小時嗎？所以，她原本打算彈到十二點左右。即使她又多練了一個小時，也是凌晨一點……行兇時間差不多就是這個時候。」

田所義雄用左手托著右肘，用右手的大拇指和食指托著下巴。然後，他不知道想到了什麼，再度看向貴子。

「妳離開這個房間時，有人在交誼廳、飯廳或是走廊上嗎？」

「沒有。所以，我把所有燈都關了，才回自己的房間。」

「在那之後，到妳剛才起床為止，都沒有和任何人說過話嗎？」

「當然啊。」

「這麼看來，」田所抱著雙臂，「兇手從自己房間的門縫監視遊戲室，看到貴子回房間後，就開始行動——根據眼前的情況，似乎可以這麼判斷。當然，也有可能兇手就是貴子。」

「我才不是兇手呢。」

貴子瞪大眼睛，田所不理會她，繼續問其他人。

「誰知道溫子和貴子在這裡彈鋼琴？」

「我。」久我和幸回答，「我睡覺前來過這裡。」
「喔？為什麼來這裡？」
田所的眼睛微微發亮。
「沒什麼特別的事，只是想來看看遊戲室長什麼樣子。」
「對。」貴子也附和道。
「真可疑，該不會是來確認溫子在這裡吧？」
「不是，但是很遺憾，我無法證明。」
久我和幸微微舉起雙手。
「還有其他人知道嗎？」
田所問，但沒有人出聲。他點了點頭說：「我想兇手不會說實話，除非是像久我那樣被人看到。」
「所以，目前也無法鎖定兇手。」
聽雨宮說話的口吻，他似乎暗自鬆了一口氣。
「如果這麼輕易就知道，這個遊戲就失去了意義，但如果用消去法，或許有辦法查出誰是兇手，有不在場證明的人可以先刪除。」
「但是，兇手是在昨天深夜行兇，應該不可能有人有不在場證明吧？」

聽到本多的疑問，其他人也都輕輕點著頭，沒想到田所露齒一笑，挺起胸膛說：

「我昨晚遲遲無法入睡，用隨身聽裡的收音機功能，聽了大約兩個小時左右的廣播節目，我可以正確地說出是哪個節目，以及節目中說了哪些內容。」

正因為他可以說出自己的行動，所以才會提出不在場證明這個問題。然後，他說了那個節目的名字，和上節目的來賓名字，以及節目中討論的話題。

「我相信這麼一來，你們就可以知道，我並不是兇手。」

田所滿臉得意地說，但久我和幸反駁說。

「對普通的殺人案來說，聽收音機這件事可能有效，但真的適合目前的情況嗎？」

雖然久我說話的語氣很平靜，但似乎話中有話。

「什麼意思？」

田所義雄立刻露出敵意。

「首先，因為沒有其他人聽這個節目，所以目前根本無法確認你剛才說的內容是否正確。」

「原來你是說這件事。雖然現在沒法確認，但一旦下山，就可以確認。」

「如果能夠順利下山的話。」

「你說什麼？」

「兇手可能計畫殺掉所有人，但現在先不談這件事。第二個問題，就是行兇需要多少時間。兇手悄悄溜出房間，潛入遊戲室，從背後攻擊溫子小姐——憑我的想像，只要十分鐘就可以搞定。」

田所義雄和其他人都看著半空沉默不語，似乎都在腦海中估算時間。

「對，」本多雄一說，「十分鐘就可以完成。」

「所以，把聽廣播節目做為不在場證明，就必須完整記下節目的內容，不可以有十分鐘的空白，但其實這並不是完美的不在場證明。因為節目中可能會播放歌曲，有些歌曲要好幾分鐘，所以，兇手可以在播歌的時候行兇。」

「原來如此，的確有這種可能。行兇時間這麼短，不在場證明本身就沒什麼意義。」

田所可能對「沒有意義」幾個字很不滿意，用銳利的眼神看著本多，但立刻將視線轉向久我笑了起來。

「你以為這樣就能打敗我嗎？」

「我無意和你競爭。」

久我和幸在臉前揮著手。

「所以，現在又回到了原點，」中西貴子說，「我們不知道這中間誰是兇手。」

「等一下，如果真的發生了命案呢？我們真的會認為兇手是我們其中之一嗎？會不會有第三者？」

雨宮京介微微偏著頭思考著。

「喂，雨宮，」田所無力地撇著嘴角，「你剛才不是說，沒有新的角色嗎？你的態度不要一直變來變去。」

「剛才說的是舞台劇的事，但我現在說的是，如果在現實生活中遇到這種情況，其他人應該會有這種反應。」

「我也同意雨宮的意見，我覺得應該儘可能避免懷疑自己人，即使心裡真的這麼想。」

由梨江支持雨宮的意見，田所露出不滿的表情。

「雖然只是形式化的討論，但可能有人會覺得有強盜偷偷潛入這棟房子。」

「喂，難道你忘了嗎？這裡是被大雪封閉的山莊，別人要怎麼進來這裡？」

田所撇著嘴。

「所以，我不是說了，只是形式化的討論而已。」

「雖然可能性很低，但有必要確認一下。」雨宮說。

「要怎麼確認？」田所問。

「去檢查一下玄關、窗戶之類能夠出入的地方。就像你說的，周圍都是一片白雪，如果有人入侵，一定會在雪地上留下痕跡。」

「但實際上並沒有雪啊，」田所抓了抓後頸項，「要怎麼判斷到底有沒有腳印？可以由我們擅自決定嗎？認定有人曾經偷溜進來，然後在雪地上留下了腳印。」

「儘可能不要再說現實的事。」

由梨江用好像訓誡小孩子般的溫柔語氣說道。田所似乎察覺自己的舉動太不成熟，所以閉了嘴。

「搞不好兇手還躲藏在某處，比方說這裡。」

本多雄一指了指櫃子的門，「房子裡到處都有這種收納空間，我覺得必須一一清查。」

「好，那就分頭檢查這些地方。」雨宮做出了結論，「但是，如果單獨行動，很可能在之後引起不必要的懷疑，所以，兩人一組或是三人一組行動比較妥當。」

「沒有異議。」本多雄一說，其他人也沒有反對。

接著，大家又討論了如何決定分組，最後決定用最公正的抽籤方式決定。用桌布包住撞球的十五顆球，每個人抽一個。從號碼小的開始排序，兩個人一組。

「既然已經決定了分組，就開始檢查吧。結束後，在交誼廳集合。」

雨宮京介在不知不覺中掌握了主導權。

〔久我和幸的獨白〕

我太驚訝了，沒想到真的會有人演死者的角色。原本我還以為東鄉陣平又會用限時信送來什麼指示而已。

目前幾乎可以確定，在六個人中，不，除了我以外的五個人中潛伏著扮演兇手的人，接受了東鄉的指令。

這麼一來，就不能隨便應付了。那個兇手八成會記錄每個人的想法和行動，事後向東鄉報告。如果到時候因為不夠認真投入而被刷下來，就真的欲哭無淚了。接下來，不妨就帶著一半演戲，一半遊戲的心情繼續參加吧。

話說回來，笠原溫子第一個被幹掉有點出人意料。她的演技還不錯，這麼早就從舞台上消失，會不會太可惜了？不過，如果第一個死的是元村由梨江，那就更傷腦筋了。

在雨宮的提議下，大家分頭確認所有可以出入的地方。雖然在雨宮提議之前，我就想到這麼做了，但目前姑且讓他當帶頭的，反正他很快就會露出馬腳。

在決定兩人一組行動後，我很希望能夠抽到和由梨江同組，卻沒有如願，我的搭檔是中西貴子，由梨江居然和田所同組。那傢伙立刻喜形於色。

我和中西貴子負責檢查二樓的逃生口。貴子起床後還沒有洗臉，當然也沒有化妝。她原本就是腦袋空空、徒有姿色的女人，如今連姿色都沒了，只剩下空空的腦袋。她似乎忘記了自己目前的外表，居然還抓住我的袖子說：

「女生在這種時候應該會感到害怕吧？」

「但是，妳抓住我也無濟於事，我搞不好是兇手。」

「你不可能啦，因為你並不是我們劇團的團員。」

「為什麼不是劇團的團員，就不是兇手？」

「因為演兇手的是唯一知道劇情的人，說起來，就像是東鄉老師的間諜。東鄉老師一定會挑選他信任的人。」

「所以，就是間諜。」

她的意見一針見血。沒想到這個名叫貴子的女人看似遲鈍，居然洞悉了事物的本質。

「但是，這種想法也許太表面了。」

「喔？為什麼？」

「推理劇的兇手通常都是意想不到的人物，也許東鄉老師正是為了這個目的，讓我這個外人通過試鏡。」

「嗯，這麼說也有幾分道理，但果真如此的話，我們單獨相處就很危險。」

雖然貴子嘴上這麼說，卻沒有鬆開我的衣服。

「而且，」我繼續說道，「我也沒有任何理由相信妳。」

「啊，你是說，我是兇手。」

「有這個可能啊。」

「啊哈哈哈哈，搞不好喔。」

中西貴子發出可怕的笑聲後，用力搖著頭，「不行，不行，我的朋友死了，我不能開這種玩笑。」

逃生口從內側鎖上了。也就是說，即使曾經有人入侵，也不是從這裡逃走的。我打開鎖，推開了門。外面是樓梯間，從右側的樓梯往下走，就可以走到山莊的後方。

那裡整齊地放了兩雙長雨靴，我們分別穿上長雨靴，走下樓梯。

「哇，好美。」

走下樓梯，來到戶外時，貴子叫了起來。眼前是一片高低起伏的高地，可以眺望遠方積雪的山巒。雖然最近完全沒有下雪，和目前設定的狀況完全相反，只有山裡禁止進入的區域中仍維持著令人屏息的銀色世界。

因為最近都是好天氣，房子周圍不僅沒有積雪，地上連一點濕氣都沒有。只有在乾燥的碎石上偶爾可以看到白色雪塊殘留。

我沿著牆壁往前走。前方有一塊巨大的綠色板狀物，我好奇地走近一看，原來是桌球台，而且並沒有太舊，也沒有遭到風吹雨淋的感覺，很納悶為什麼會放在這裡。我繼續往前走，轉彎後，立刻退了回來，躲到牆後。因為我看到元村由梨江和田所義雄。他們可能是從廚房的後門走出來的。他們並沒有發現我，我想偷聽他們在說什麼，但聲音太小聲，完全聽不到，只聽到田所不時發出低俗的笑聲。

「你在幹嘛？」

不一會兒，貴子走了過來。

「不，沒事。」

我立刻離開了原來站的位置。

「那是不是水井？」

貴子指著離房子不遠處問。我們走了過去。

「好像是。」

那裡用紅磚圍成一個筒狀，上面用木板封住了，木板上用紅色油漆寫著：

危險，請勿碰觸！

「可能以前這裡用井水，這只是當時留下的。」

「但好像沒有填起來，不知道井有多深。要不要看一下？」

「上面特地寫了『危險』兩個字，我看還是不要好了。」

「會不會裡面堆滿了已經變成白骨的屍體？」中西貴子吃吃地笑了起來，「我不會掉下去啦。」

「那就請便，反正我不想碰。」

「啊喲，你真冷漠。」

貴子露出生氣的表情，但這種表情也有幾分可愛。

「對了，」我開口問道，「妳對笠原小姐第一個被殺有什麼看法？」

「好問題，」她壓低嗓門說：「老實說，我有點意外。就像我剛才也稍微提到過，她是東鄉老師間諜的不二人選。」

「看來她很值得信賴。」

「是啊，但不光是這樣而已。」

「什麼意思？」

「你不要說是我告訴你的喔。」

貴子斜斜地收起下巴，把食指放在嘴唇上。

「不會說，不會說。」

「有人說，溫子和東鄉老師有一腿。」

「有一腿？是指他們有男女關係嗎？」

「對啊，當然是啊。」

「是喔……」

我有點受不了，真是了無新意。這種事很常見，根本不需要壓低嗓門。

「怎麼樣？是不是很驚訝？」

「是啊。」我姑且這麼回答，「既然有這樣的傳聞，應該有人對之前試鏡的結果有疑問吧？」

貴子用全身力氣點著頭，似乎表達徹底的同意。

「有人直截了當地說，笠原小姐是靠身體爭取到角色。說這種話的人往往沒什麼演技，長得也不漂亮，溫子也沒放在心上。我也認為溫子通過試鏡理所當然。」

「我也有同感。笠原小姐進入劇團幾年了？」

「我想想，她高中畢業後就進了劇團，差不多八年左右。」

「那妳呢？」

「我是大二那一年，所以，後來我休學了。」

她吐了吐舌頭。沒想到溫子只有高中畢業，貴子居然上過大學，可見人的學歷無法靠外表判斷。

「笠原小姐好像在年輕女演員中很有威望。」

「是啊，其實之前還有另一個人，是溫子的競爭對手，名叫麻倉雅美。」

「喔，就是在試鏡時演茱麗葉的人。」

「對，對，你還記得真清楚。她和溫子同期進入劇團，都曾經是受到期待的明日之星，雙方都把對方視為競爭對手，但我不太清楚她們誰比較優秀。」

「那個人的演技也很棒，對了，妳提到她時，一直用過去式，頻頻用之前、曾經這些字眼，她現在已經離開劇團了嗎？」

我問了內心在意的事，昨晚和本多雄一說話時，一提到麻倉雅美，他就開始結結巴巴。

中西貴子雖然沒有結巴，但縮起肩膀，露出誇張的失望表情。

「她發生意外，無法再登台演戲了。」

「意外……是車禍嗎？」

中西貴子搖了搖頭。

「滑雪發生意外。從懸崖掉落，身受重傷，導致半身不遂的後遺症。」

「是喔……」

我也常滑雪，但從來沒有聽說有人因為滑雪受這麼重的傷。「什麼時候發生的？」

「就在試鏡結束之後。她老家在飛驒高山，試鏡之後，她回老家散心，想要擺脫落榜造成的打擊，沒想到發生了意外。」

「所以是最近才發生的事，真可憐。」

「很可憐吧？我得知這個消息時，也忍不住放聲大哭。」

雖然貴子這麼說，但從她的表情中看不到任何難過。

原來曾經發生這種事，難怪本多雄一和雨宮京介他們會表現出那種態度，對他們來說，並不願意回想起麻倉雅美的事。

但是，我還是覺得哪裡不對勁，只是我自己也搞不清楚是哪裡有問題。

「好了，差不多該回去了。」我說。

「對啊，如果太晚回去，會引起他們的懷疑。田所最喜歡疑神疑鬼，真希望是他被殺掉。」

田所在劇團內似乎也不受歡迎。

走上樓梯的途中，看到門的外側貼了一張紙。剛才並沒有注意到。

「那是什麼？」

我走過去撕了下來，發現上面寫著以下的內容。

地面完全被雪覆蓋，雪地上沒有腳印。

「這是什麼？什麼意思？」

「應該是在說明目前的狀況，似乎是演兇手的那個人貼的。」

由於門從內側鎖住，排除了兇手從這裡逃走的可能性，但兇手也可能有備用鑰匙。如果雪地上沒有腳印，就徹底排除了這種可能性。

我和貴子走進屋內，也順便檢查了盥洗室和廁所的窗戶，所有的窗戶都鎖住了，即使可以打開，人也無法鑽過去。我們也去看了空房間，情況也一樣。

確認結束後，我們回到交誼廳，雨宮京介和本多雄一已經等在那裡。田所義雄一定想要充分利用和由梨江獨處的機會，故意慢慢四處察看。

「溫子留下了鞋子。」本多雄一笑咪咪地說，「她應該不可能光著腳離開，兇手可能事先準備了拖鞋之類的。」

「準備還真周全。」

中西貴子語帶佩服地說。

「玄關旁辦公室的窗戶也都鎖上了。我們檢查了儲藏室和壁櫥，都沒有發現有人躲藏的痕跡，另外，在大門上貼了這張紙。」

雨宮拿出的紙和我們在逃生門上發現的一樣。

玄關的門外完全被雪覆蓋，雪地上沒有腳印。

我也把找到的紙交給他們，告訴他們，所有的門窗都從內側鎖上了。

「只剩下由梨江他們了……」

雨宮嘀咕道，但從他的表情，似乎已經預料到他們會報告什麼事。既然扮演兇手的人已經做到這個地步，由梨江他們當然不可能帶回寫著「雪中有通往遠方的腳印」的紙條回來。

這時，由梨江他們回來了。田所義雄的腳步格外輕快，他一定在剛才察看時在她面前拚命耍帥，侃侃而談。

「我們在廚房後門發現貼了這張紙，我們也看了食品庫，裡面並沒有可以藏人的空間。」

田所義雄把紙交給雨宮，上面寫的內容似乎完全在意料之中，雨宮只是點了點頭而已。既然剛才只是去確認廚房和食品庫，為什麼花了這麼長時間？

「好了，這下可以確認，只有我們在這個山莊內，昨晚也沒有人潛入。這代表我們之中有人殺了溫子。」

雨宮京介煞有其事地說出了大家都知道的事。

2

——飯廳。

雨宮京介提議，先填飽肚子再說。時間已經不早了，六個人決定先吃早餐。本多雄一、久我和幸、元村由梨江三個人已經坐在桌旁，把咖啡送上來的田所義雄雖然沒有坐下來，但站在由梨江身旁，也沒有回廚房。

「有沒有可能是自殺呢？」

元村由梨江巡視著在座的幾個男人問，「會不會用耳機線自己勒住脖子呢？」

「嗯，會有這個可能嗎？」站在她身旁的田所義雄抱著雙臂，「我記得以前曾經在書上看過，有這種自殺方法。」

「也許可以做為一種可能性，」本多雄一說，「但從當時的狀況來看，認為是他殺比較合理。」

「是喔……」

由梨江露出遺憾的表情。即使是演戲，她似乎也不願意接受自相殘殺這種事。

雨宮京介和中西貴子從廚房走了出來。

「朋友死了，我們不可能有食欲，和昨晚一樣，我們也為該做什麼傷透了腦筋。」

雨宮京介把裝滿三明治的兩個大餐盤放在桌上說道，「大家想吃什麼口味，自己隨便拿。」

「也煮了很多咖啡。」貴子也說。

但是，一旦開始吃，所有人都表現出旺盛的食欲，就連雨宮也在轉眼之間拿起了第二塊。

大家都靜靜地吃著早餐。

「接下來該怎麼辦？」

肚子填飽之後，本多雄一看著眾人，徵求大家的意見。

「只要思考如果這一切都是真的，該怎麼做就好了吧？」

中西貴子在物色盤中的三明治時問。

「當然是找出兇手啊，」田所義雄語氣強烈地說道，「這是唯一要做的事。」

「要怎麼找？」本多問。

「首先，每個人都想一下，誰可能是兇手。」

聽到雨宮京介的提議，元村由梨江立刻回答說：

「很抱歉，我完全沒有任何想法，因為我甚至沒發現溫子沒有回房間。」

「我也是，」中西貴子也說，「因為我睡得很熟。」

「通常大家都睡了，只有溫子、兇手，還有——」

本多雄一看著田所義雄，「還有你而已。你不是聽收音機聽到深夜嗎？有沒有聽到兇手的腳步聲？」

「你別亂說話，我不是說了嗎？我聽的是隨身聽裡的收音機，兩個耳朵都戴了耳機。」

田所露出輕蔑的眼神回答。

「嗯，到底該怎麼辦呢？如果真的被捲入這起命案，我們會怎麼做？」

雨宮京介雙手放在桌上，抬頭看著天花板。

「我會……覺得很可怕。」

元村由梨江小聲地說。所有人的目光都集中到她身上，「想到我們之中有人會殺人，就忍不住全身發抖。然後，想像會不斷向不好的方向發展，擔心自己會慘遭和溫子相同的命運。一旦這麼想，可能連這些三明治也吃不下了。不是食欲的問題，而是擔心吃了會有問題……」

「妳擔心我們會在三明治裡下毒？」

中西貴子瞪大眼睛說，當然，她並沒有真的生氣。

「沒有證據可以斷言，不會發生這種事。」

田所義雄笑嘻嘻地說。

「不是懷疑廚房值日生，而是無法相信所有的事。這不是正常的反應嗎？」

「聽妳這麼一說，好像的確是這樣。」

雨宮也用佩服的語氣說道，「我之前沒有想到這一點，接下來的三餐可能會是很大的問題，不光是三餐，無論任何事都一樣。」

「演兇手的人還打算殺其他人嗎？」

中西貴子神情憂鬱地皺起眉頭。

「我也想知道，兇手大人，可不可以先回答一下這個問題。」

本多雄一依次打量著每個人的臉，「看來不太可能。」

「對了，兇手是怎麼殺人的？難道是扮演兇手的人突然出現在面前說，你出局了？」貴子問道，好像在討論什麼開心的事。

「應該沒這麼簡單吧。以溫子的例子來說，兇手應該會先假裝勒她脖子，否則，根本是聽任兇手的擺布。」

「所以說，即使抵抗也沒問題。」

「應該可以抵抗吧。」

「我現在想到一件事，」始終默默聽著貴子和本多對話的田所義雄用嚴肅的口吻說，「如果之後還要繼續殺人，下一個要殺誰，可能並沒有事先決定。」

「什麼意思？」雨宮問。

「兇手是隨機應變，臨時決定要殺誰。在有機會殺某個人時，就動手幹掉那個人。溫子之所以第一個被殺，可能是因為她最先讓兇手有可乘之機。重點是，被殺的先後順序，會反映在這次舞台劇的劇本上。也就是說，先死的人，之後就沒機會再上台了。」

「怎麼這樣。」

中西貴子在胸前十指交纏，垂著雙眉。

「有可能，很像是東鄉老師會做的事。」

雨宮京介也一臉嚴肅地嘀咕。

「這麼一來，我就更不能太早被幹掉了。不，如果想要成功搶到名偵探的角色，一定要在被幹掉之前找到兇手。」

所有人聽了田所義雄這句話，都忍不住微微點頭。

吃完早餐，當大家都坐在交誼廳休息時，久我和幸提到了屍體的事。

「屍體就一直放在那裡嗎？」

他唐突地問了這句話，其他五個人愣了一下，才反應過來。其他人都似乎忘記了應該有一具屍體在那個房間。

「應該沒關係吧，」雨宮京介遲疑了一下說，「我反而覺得，在警方來這裡調查之前，不能隨便亂動屍體。」

「所以，之後不能隨便去遊戲室。」

「是啊，但如果那個房間真的發生了命案，即使真的有事要進去，也沒人想進去吧。」

「那倒是。」

久我和幸露出思考的表情，然後下了決心站了起來，「我去遊戲室一下。」

所有人都抬頭看著他。

「你想幹什麼？」田所義雄問。

「沒有特別想要幹什麼，只是想再看一次現場，也許可以找到什麼線索。」

「哼，」田所用鼻孔出氣，「馬上就開始搶偵探的角色嗎？」

「那你要不要和我一起去。」

「好啊，那我陪你去，雖然我不認為會有太大的收穫。」

兩個人走上樓梯，走去遊戲室。

目送他們進入遊戲室後，雨宮京介問其他三個人：

「那我們要做什麼呢？」

「要不要玩撲克牌？」

元村由梨江立刻回答。她從牆邊的小櫃子裡拿了一副撲克牌走了過來，「我以前看了《金絲雀殺人事件》這本書，裡面有一幕就是玩撲克牌。」

「范達因的作品吧？」本多雄一說，「我也看過那本書。偵探從犯罪手法判斷，兇手的性格細膩而大膽，所以靠玩撲克牌，洞察每個人性格的作戰方法找到了兇手。」

「哇，真有意思，那來玩，那來玩。」

中西貴子開心地說。

「嗯，以小說的題材來說，或許很有趣。」

雨宮京介似乎有點意興闌珊，「從現實的角度來看，我並不認為是有助於瞭解真相的有效手段。況且，靠撲克牌來判斷性格，根本是不可能的事。」

「我也沒有抱這麼大的期待。」元村由梨江的語氣有點不高興，「但是，傻傻地坐在這裡也不會有任何進展，不如玩撲克牌，聊聊天，演兇手的人或許會露出馬腳，所以，並不是非要玩撲克牌不可。」

「我不認為演兇手的人會這麼輕易露出狐狸尾巴，至於妳的目的，被妳說出來之後，效果就減半了，但反正閒著也是閒著，那就來玩吧。」

雨宮京介挽起毛衣的袖子，走到元村由梨江面前，其他兩個人也走了過去。

〔久我和幸的獨白〕

我會提到屍體，並不是臨時起意，因為我無論如何，都想要再去遊戲室看看。

在吃早餐時，田所義雄提到隨身聽的耳機，我突然想到這件事。

笠原溫子是被耳機線勒死的，不，只是設定她死於這種方式。

扮演兇手的人為什麼選擇耳機線做為凶器？

這個問題很好解釋。

兇手原本想要扼殺，也就是用雙手掐死笠原溫子，但走去遊戲室，發現剛好有耳機線，於是決定就地取材。

問題是耳機線的狀態。

根據我的記憶，發現屍體時，耳機線插在電子鋼琴的插孔內。這代表什麼意義？扮演兇手的人不可能特地把耳機線插進插孔。

所以，是笠原溫子使用了耳機。

這太奇怪了。因為遊戲室有隔音牆，中西貴子在彈鋼琴時，也沒有使用耳機。

笠原溫子為什麼要使用耳機？

也許這件事並沒有太大的意義，只是我覺得不能忽視。如果這是重要的線索，藉由找出兇手，成為這齣舞台劇的男主角或許並非不可能的事。

我決定隨便找一個理由，去確認耳機線的狀態。雖然田所義雄也一起跟了過來，但他不可能察覺我的想法。

田所率先走進遊戲室，這種時候，他也想要擺出自己是前輩的樣子。我跟在他身後走了進去，立刻看向鋼琴，然後，忍不住倒吸了一口氣。

耳機線被拔了出來。

我快步走了過去，從地上撿起耳機線。太奇怪了，剛才明明插在鋼琴上。

「怎麼了？」

正在檢查儲藏室的田所義雄問。儲藏室差不多有半張榻榻米大，裡面沒有任何東西。

雖然很想問他，剛才耳機線的情況，但我不想把這條線索提供給他。

「不，」我站了起來，「沒事。」

「好像沒什麼可以成為線索的。」

田所稍微看了一下房間，就立刻放棄了，「反正又不是真的發生了命案，不可能留下什麼痕跡。」

即使留下了痕跡，如果缺乏可以發現的洞察力，也是白白浪費。雖然我很想這麼說，但還是忍住了，問他：

「你猜到誰是演兇手的人嗎？」

田所把一隻手放在撞球桌上，裝模作樣地輕輕吐了一口氣。

「大致知道啦。」

「是誰？」

「首先，」他看著我，「不是你。東鄉老師不可能把這樣的重責大任交給你這種剛進劇團的人。」

「原來如此。」

我姑且露出佩服的表情，他的意見和中西貴子相同。

「貴子也不可能。她雖然是演員，但心裡想什麼，全都寫在臉上。」

我也有同感。

「本多也不像。他沒有魅力，推理劇的兇手必須具有某些能夠吸引人的東西。」

你也差不多啊。我很想這麼說，但還是把話吞了下去。

「所以，只剩下元村小姐和雨宮先生兩個人。」

「應該是其中一個，八成錯不了。」

田所義雄獨自點著頭。

「對了，他們兩個人很好，是男女朋友嗎？」

我語帶調侃地問，一方面也為了蒐集情報，沒想到田所頓時臉色大變。

「我可沒聽說，應該是雨宮一廂情願吧，他幻想能夠和由梨江結婚，把她的美貌和財產占為己有。由梨江對誰都很客氣，很多人都會誤會，太傷腦筋了。」

輪不到你傷腦筋吧。

「雨宮先生進劇團很久了嗎？」

「資深成為他唯一的優點，」他用很惹人厭的語氣說道，「不知道他用了什麼招數，東鄉老師很喜歡他。你聽說他要去倫敦留學的事嗎？」

「留學？我沒聽說。」

「劇團有一個名額可以去倫敦的戲劇學校留學一年，聽說已經決定讓雨宮去了。真搞不懂是怎麼回事。」

「我第一次聽說，原來還有這種事。」

「我猜想他一定私底下用了各種手段。啊，這件事你不要說出去喔。」

田所用食指指著我。

「我知道，但雨宮先生被選上不是很合理嗎？」

「你在開什麼玩笑？他那種程度的演技誰不會啊。」

說完，他拉開撞球桌上的布罩，排好球，拿起撞球桿玩了起來。他的動作很漂亮，但技術並不佳。

「你昨天聽說了麻倉雅美的事吧？」

田所仍然擺著撞球的姿勢問我。

「對。」我回答。

「不瞞你說，原本打算讓她去留學的。」

「是喔……」

「但她最後發生了一點狀況，以後無法再演戲了，所以就由雨宮遞補。」

他擊出的白球順利把二號球打進了球袋。

「你說的一點狀況，是滑雪意外嗎？」

聽到我的問題，田所立刻停下了正準備撞球的手，驚訝地抬頭看著我。

「誰告訴你的？」

「中西小姐。」我回答說，「聽說導致半身不遂。」

「是喔，」田所把球桿丟在撞球台上，坐在球台角落，「的確是滑雪時發生的，但並不是意外，她是自殺，大家都知道，只有貴子不知道。」

「自殺……她自己說的嗎？」

「她什麼也沒說，但即使不說也知道。有哪個人會愛滑雪愛到去禁止滑雪的地方垂直降落？」

「動機呢？」

「應該是試鏡會吧，」他用理所當然的語氣說，「沒通過試鏡，對她造成很大的打擊，但是，我認為試鏡的結果很合理。雖然你好像很欣賞她。」

「我覺得她演技很好，還是她有什麼問題？」

「那還用說？」田所義雄用指尖敲了敲自己的臉頰，「當然是長相囉。除非是很古怪的評審，否則，就憑她的長相，當然不可能通過。而且還演茱麗葉，和由梨江一樣，演茱麗葉。

如果她演馬克白夫人，搞不好會有不同的評價，但我從來沒聽過哪一齣舞台劇，可以由讓觀眾的視覺感到不舒服的人擔任女主角。」

他的嘴巴真毒。但我覺得聽他說這種話更不舒服。

「大家都很肯定她的演技，所以才會派她去留學。」

「是沒錯啦，但站在舞台上，光靠演技還不夠。」

田所義雄跳下撞球台，「我們差不多該下去了。」

「你剛才說，是要去倫敦留學吧？」

「對啊。」

「所以……」

我想起元村由梨江昨晚對我說的話。她想去倫敦或百老匯學演戲。難道她打算和雨宮京介一起去嗎？

「怎麼了？」

田所轉頭問我。我想到可以利用他，他應該能夠去問出由梨江的真心。

我把由梨江昨晚說的話告訴了他。果然不出所料，田所脹紅了臉，他用力打開門，走出遊戲室。

其他四個人在交誼廳玩撲克牌。

——交誼廳。

3

久我和幸和田所義雄也加入了牌局，大家一起玩了一陣子，但漸漸有點累了，便不約而同地決定不玩了。有人看書，有人聽音樂，就像住在民宿的客人般打發時間。不同的是，大家不能踏出這棟民宿一步，以及沒有人願意回自己的房間。每個人都刻意避免獨處，因為很擔心扮演兇手的人突然找上自己，就不得不離開舞台。

這種毫無意義的時間一分一秒過去，灑入窗戶的陽光也急速傾斜，廚房值日生開始準備晚餐。因為早餐很晚才吃，再加上三明治還沒吃完，所以並沒有特別準備午餐。

值日生走去廚房後，其他人繼續閒聊，但或許是因為殺人劇缺乏新的話題，所以聊得有一搭，沒一搭的。

「唉，既然都已經來這裡了，」中西貴子看著窗外的夕陽嘆著氣，「今天一整天的天氣都很棒，真是天不從人願。明天一定也是好天氣，山上正是春天滑雪的最佳季節，但我們不能出去，眼前的一切都是虛幻，我們周圍到處都是雪、雪、雪，全都是白茫茫的，我們被一片白色的世界包圍了。」

說到後半段時，她好像在舞台上說台詞，聲音充滿抑揚頓挫，還結合手勢。其他幾個男人看了忍不住笑了起來。

晚餐準備就緒，所有人再度坐在桌旁。

「感覺好像整天都在吃東西。」

雨宮京介說，幾個人跟著點頭。

「沒辦法，因為沒有其他事可做。」中西貴子說。

晚餐吃的是肉醬義大利麵。三個值日生從放在桌上的六個盤子中隨機地挑了三個，率先吃了起來。因為由梨江在早餐時提到，值日生可能在餐點裡下毒，所以田所義雄提出這個建議，消除其他人的疑慮。當然，這只是形式而已，大家也只是抱著遊戲的心態。

「夠了夠了，這種情況要持續到什麼時候啊。」

本多雄一不耐煩地嘟噥著。

「到後天為止啊，時間早就設定好了。」

田所的回答提醒了大家時間有多長，其他人都忍不住苦笑起來。

「我剛才想到，這次命案的動機是什麼？」

聽到本多的發問，其他人都停了下來，目光集中在他身上。

「動機喔……我倒是沒想過這個問題。」

雨宮京介注視著桌上的某一點說。

「根本沒動機吧，」田所義雄說，「這個遊戲的目的，就是要確認在被雪封閉的山莊內發生命案時，其他人會採取怎樣的行動。之前也說了，扮演兇手的人只是利用可乘之機，殺了可以殺的人而已，所以，討論動機根本沒有意義。」

「但是，完全不考慮這個問題也很不自然。」說這句話的是久我和幸，「我反而認為應該會最先討論這個問題，比方說，笠原溫子小姐死了，對誰比較有利。」

「我懂你的意思，但是，」雨宮反駁說，「我們並不瞭解劇中人物的人際關係，即使想要討論動機，也無從討論起。因為被殺害的並不是笠原溫子這個演員，而是她扮演的那個角色。」

「但是，東鄉老師指示說，人際關係可以按照真實生活，都是演出同一齣戲的年輕演員——我記得是這麼寫的。」

「對，對，我也記得。」

中西貴子也同意久我和幸的意見。

「我也認為可以根據現實討論動機，」本多雄一也表示了相同的意見，「這樣更有真實感，或者說是緊張感。」

「我瞭解你們說的意思，但實際上根本沒什麼可討論的，溫子被殺只是虛構的，根本沒有動機可言。」

雨宮京介說。

「是否真的有動機不重要，」本多反駁道，「重要的是，要針對這個主題討論，不需要找出答案。」

「嗯，原來如此，」雨宮露出凝重的表情，轉頭看向元村由梨江，問她：「妳認為呢？」

她放下叉子和湯匙，低頭想了一下，然後抬起頭，小聲地說：「我知道有必要討論這個問題，但說句心裡話，我並不太想討論。我不想去思考溫子死了之後，誰可以得到好處這種事，而且，她也還活著。」

「現在應該不能說這種話啦。」

中西貴子嘟起了嘴。

「嗯，我知道。」

由梨江縮著肩膀。

「我能理解她為什麼不想談，因為一旦討論殺人動機，就必須涉及個人的隱私。」

田所義雄不時瞥向由梨江，支持她的意見，「其他人都覺得沒問題嗎？如果你們都覺得沒問題，我也沒有意見，就來討論啊。」

「即使會涉及一些隱私也沒有問題，但如果真的被捲入殺人命案，就不可能顧及那麼多了。」

中西貴子表達了意見，坐在她旁邊的本多雄一頻頻點頭。

「那好吧。」

雨宮終於攤開雙手，不再反對，開始主持討論，「既然大家都認為有必要討論這個問題，那就來討論，但要從哪裡開始呢？」

每個人都似乎陷入了思考，暫時沒有人說話。大家都不再吃義大利麵，晚餐也在不知不覺中結束了。

「動機的種類，」本多最先開了口，「通常是利害關係，結怨，或是感情糾紛。」

「那先從利害關係開始，誰可以因為溫子的死得到好處？」

雨宮把吃完的盤子推到一旁，雙肘架在桌上問其他人。

「應該沒有金錢方面的利害關係，」田所義雄說，「沒有聽到她繼承了龐大的遺產之類的事，也似乎沒有加入保險。」

「如果換成是由梨江，情況就不一樣了。」

中西貴子語帶調侃地說。由梨江露出有點不悅的表情。

「即使是由梨江死了，也輪不到這裡的人來繼承。」本多說。

「還是談溫子的事吧，」雨宮出面制止，「那有沒有金錢以外的利害關係呢？」

「最簡單的，就是試鏡中落選的人，可以遞補上來，」田所說，「但是，我不認為這種事會成為殺人動機，反而像是妄想式的希望。」

「而且，在座的都是通過試鏡的人，和這一點扯不上關係。」貴子說。

「絕對不可能有人恨溫子。」

元村由梨江斬釘截鐵地說完，咬著下唇，其他人都被她的氣勢嚇到了。

「我覺得憎恨並不是妳想的那樣，」中西貴子的態度和由梨江相反，有點無力地在一旁說，「像是好心沒好報，或是遭到誤會等等，有各種不同的情況。」

「原來如此，好心沒好報。」田所義雄摸著下巴點頭，「這就有可能了，比方說，被她搶走了主角之類的——」

「啊喲，你這是在懷疑我和由梨江嗎？」

「我只是打一個比方，況且，真的曾經發生過這種事嗎？」

「那倒是沒有……」

「即使真的有，會成為殺人動機嗎？」雨宮偏著頭納悶，「我覺得這個動機太弱，當然，如果是異常性犯罪，就另當別論了。」

「所以只剩下感情糾紛……」

中西貴子抬眼觀察其他人，她似乎有自己的想法，只是不想最先說出口。

「腦筋要搞清楚，久我在這裡，別亂說和東鄉老師的傳聞。」

田所義雄自言自語地說道，雨宮和由梨江驚訝地張著嘴。他們似乎忘了有外人。

「關於這件事，我已經告訴他了。」

貴子若無其事地說，田所忍不住咂著嘴。

「原來妳已經說了，妳真是大嘴巴，改不了老毛病。」

「反正他早晚都會知道。」

「我的意思是，根本沒必要特別提這件事。」

田所可能忘了自己也告訴了久我不少事情，毫不掩飾臉上不悅的表情，「這麼一來，就沒什麼好隱瞞了。據說溫子和東鄉老師是男女朋友，我覺得八成不是傳聞，而是事實，這件事和殺人案有沒有關係？」

「男未婚，女未嫁，兩個人都是單身，要相愛、要交往也是他們的自由。」

元村由梨江和剛才一樣，用強烈的口吻主張說。

「即使他們彼此相愛，」本多雄一似乎有點難以啟齒，「如果還有其他女人愛上了老師，那個人就會憎恨溫子。」

「所以，這是在懷疑我囉。」

中西貴子瞪著本多，但嘴角露出笑容，似乎覺得眼前的事態發展很有趣。「我很尊敬老師，如果這種尊敬發展為愛，就會嫉妒溫子。」

「我並沒有想那麼多，但妳說的很有道理，只是並非只有妳一個女人。」

「啊喲，由梨江不可能啦。因為由梨江已經有雨宮了啊。」

中西貴子脫口說出的這句話頓時改變了現場的氣氛，元村由梨江和雨宮京介一臉困惑地看著她，田所義雄的反應最激烈。

「喂，妳不要隨便臆測，莫名其妙。」

田所臉頰的肌肉僵硬。

但貴子似乎不知道他為什麼這麼激動，不以為然地說：

「才不是隨便臆測，對不對？」

被貴子這麼一問，由梨江低下了頭。田所看在眼裡，臉脹得更紅了。

「又不是小學生，不要隨便把男生和女生湊成對，這不是會讓由梨江很尷尬嗎？」

「我說的是實話，哪有什麼好尷尬的。」

「不要這麼激動，田所老弟也先平靜一下。」

本多勸解道，貴子不服氣地閉了嘴，雨宮和由梨江沒有說話，現場的氣氛十分尷尬。

這種狀態持續了一陣子後，雨宮京介看著久我和幸說：

「久我，你沒有發言。雖然你是在試鏡時才認識我們，可能沒什麼可說的，但如果有什麼意見，你可以說出來。」

他似乎希望身為外人的久我發表意見，化解眼前凝重的氣氛。所有人都看著久我，但眼中並沒有期待。

「是啊……如果要找直接的動機，可能很難討論下去，大家心裡都很不舒服。」

久我小心地選擇措詞。

「你說的直接動機是？」

「我覺得只著眼於在座的各位，會有局限性，如果把其他人也考慮在內，可以更廣泛地討論推理動機。我覺得可以擴及東鄉老師，或是不在這裡的其他劇團演員。」

「其他的劇團演員？」

「我不是很清楚，聽說名叫麻倉雅美的女演員最近遭遇了不幸，有沒有可能把她也列為討論的對象呢？」

所有人聽到麻倉雅美的名字時，都露出緊張的表情。雨宮京介用責備的眼神巡視其他人，似乎在問，是誰把這件事告訴了久我。

「嗯，這也不失為一種方法。」

本多雄一終於很不自在地開了口，「但要怎麼和她扯上關係？那只是單純的意外。」

「對啊，可能有點難。如果那場意外有什麼疑點，或許還值得討論……」

雨宮京介說話也開始有點吞吞吐吐。

沒有其他人發言，氣氛比剛才更加凝重。

「呃，今晚就先討論到這裡？」元村由梨江戰戰兢兢地問，「我想大家好像也沒什麼好討論的了。」

「嗯，是啊，其他人還有意見嗎？」

雨宮問，但沒有人回答。

於是，大家就這樣解散了。廚房的值日生開始收拾餐盤，其他人有的去泡澡，有的在交誼廳看書。

不一會兒，久我、本多和由梨江這三名值日生收拾完畢，從廚房走了出來，但交誼廳內已經沒有人。三個人在飯廳聊了一下，由梨江說，她有點累了，準備回自己的房間，久我和本多也站了起來。

4

——由梨江的房間。晚上十一點多。

由梨江洗完澡後回到房間，穿著運動衣，躺在床上。這個房間內有兩張床，笠原溫子原本應該睡在另一張床上，但她還沒在這張床上睡過，就離開了人世。如果這是事實，由梨江也許不敢繼續留在這個房間。但她認為溫子的死只是虛構的情節，所以即使看到溫子的物品仍然留在房間，也完全沒有任何感覺。

由梨江關掉床邊的燈後幾分鐘，就聽到了敲門聲。敲門聲很小聲，似乎怕被其他人聽到。她打開檯燈，懶洋洋地下了床，走到門口，打開了門鎖。

「啊……」

她發出極其意外的聲音。站在門外的是田所義雄。

「我可以進去一下嗎？」

他的表情異常緊張，面無血色，簡直有點蒼白。由梨江倒吸了一口氣，瞥了一眼房間的時鐘後，搖了搖頭。

「如果要談事情，去外面……」

「我想單獨和妳談談，不想被別人聽到。妳相信我，我絕對不會做任何事。」

「那麼，」她停頓了一下，「就明天再說吧，今天晚上我很累。」

「越早越好，我想知道妳的心意，拜託了。」

由梨江打算關門，田所義雄硬是把手臂塞進了門縫懇求道。他收起了平時自信滿滿的表情，露出哀求的眼神。由梨江可能不忍心繼續拒絕，放鬆了關門的力道。

「那就一下子。」

「謝謝。」

田所義雄一臉得救的表情走進房間，由梨江叫他坐在溫子的床上，自己背對著門站著，然後，把門打開一條縫，一定是擔心他突然撲過來。

「所以……你要找我談什麼事？」

由梨江問。田所低下頭，然後，抬頭注視著她的臉。

「我想確認剛才貴子說的話。」

「貴子……」

「就是妳和雨宮的事。我也不是沒聽到劇團內的風言風語，但我認為是那些人亂傳八卦，事實到底怎麼樣？妳果然和雨宮……」

「等一下。」

由梨江伸出雙手制止他，「你突然問我這個問題，我也很莫名其妙。到底是什麼意思？」

「由梨江，」田所義雄站了起來，一步一步走向她，「妳應該知道，我對妳……」

「請你坐下來，否則，我就出去。」

看到她握住門把，田所停下腳步，痛苦地扭曲著臉，重新在床上坐了下來。

「請妳告訴我實話，」他說，「我聽久我說，妳打算去倫敦或是百老匯，妳只是為了學演戲嗎？還是想和雨宮一起去？由梨江，請妳告訴我。那些傳聞是真的嗎？妳真的和雨宮已經訂婚了嗎？」

由梨江靠在門上，皺著眉頭，垂下雙眼，用力深呼吸。

「到底怎麼樣？」他繼續追問。

「……那不是真的。」

由梨江輕聲回答，然後又說：「我很尊敬雨宮，也很崇拜他，但這只是從演員的角度……。我想，雨宮也是基於相同的想法，才會對我很好。我也希望……以後可以繼續保持這樣的良好關係。」

她的態度顯然很奇怪，但田所義雄似乎並沒有察覺，開始露出興奮的表情。由梨江說完後，他猛然站了起來。

「我就知道是這樣，所以，妳目前並沒有穩定的對象。」

「……是啊。」

「所以，」田所繼續向她靠近，「即使我想要追求妳也無妨吧，我不是開玩笑，我是真心在向妳表白。」

由梨江渾身緊張，不敢正視田所。然後，她抬頭看著田所，對他嫣然一笑，打開了門。

「時間到了，今天就到此為止。」

田所頓時垂頭喪氣，但似乎從她的笑容中感受到希望，邁著輕快的腳步走出房間。

「明天見，晚安。」

「晚安。」

由梨江關上門，重重地吐了一口氣。她繼續在原地站立片刻，隨即打開門，走出房間，似乎想要擺脫剛才的一切。

〔久我和幸的獨白〕

天不如人願。原本打算利用同是廚房值日生的特權，對元村由梨江展開追求攻勢，沒想到居然揮棒落空。我原本打算約她一起去看音樂劇，她只回答：「改天找時間吧。」即使想要和她約具體的日子，她也巧妙地顧左右而言他，好不容易漸入佳境，本多雄一又來攪局，當然，他是無心的。

看來只能打長期戰了。等回到東京正式開始排演，她就會被我的才華俘虜。

晚餐後有關殺人動機的討論很有趣。田所義雄聽到由梨江和雨宮之間的關係，表現出強烈的嫉妒，但他們還沒有結婚，沒必要那麼緊張。我根據至今為止的人生經驗，知道女人心比秋天的天空更加變化多端。

我提到麻倉雅美名字時，其他人的反應太有趣了。每個人都措手不及，全都說不出話。只有中西貴子沒有特別的反應，她應該真心相信麻倉雅美發生了意外，相較之下，本多和雨宮極力強調那是意外。田所認為她是自殺這件事，似乎並非空穴來風。

雖然我只是臨時起意，才會提到麻倉雅美的事，但並不是完全沒有理由。麻倉雅美的老家在飛驒高山，她回老家滑雪時發生了意外，或是自殺未遂，地點離這裡乘鞍高原非常近，只要沿著國道一直開就到了，距離也只有數十公里而已。我不認為這只是偶然，我總覺得和東鄉陣平設計的這場遊戲有某種關係。

但是，沒什麼好著急的，慢慢蒐集資訊吧。

我在房間看雜誌，記錄了來這裡之後所發生的事，才起身去洗澡。本多雄一也在泡澡，他厚實的胸膛從白色混濁的溫泉中露出一半。

「誰告訴你麻倉雅美身受重傷的事？」

我泡進浴池時，本多問我。

「呃，是中西小姐提到的。」

「又是貴子，她還真是多嘴，溫子和老師的事也是她說的。」

本多用周圍的水洗臉，發出啪沙啪沙的聲響。我隱瞞了這件事其實是田所告訴我的。

「她這個人藏不住秘密吧。」

「對啊，簡直就是大喇叭。」

「她也說了元村小姐和雨宮先生的事，他們真的是男女朋友嗎？」

「對，他們兩個人的關係是真的。」本多明確地回答，我最後的期待也落空了，「不過，你最好別提起這件事，因為他們好像不太想讓別人知道。」

「不，我當然不會說。」

「拜託囉。」

本多把手舉到臉前，做出拜託的姿勢。

「對了，」我問他，「你房間是雙人房吧？」

「對啊。」

「那我今天可以去睡你那裡嗎？」

聽到我的拜託，他露出訝異的神情。

「是沒關係啦……但是為什麼？」

「我猜想，今天晚上會發生第二起命案，但只要我們兩個人在一起，即使扮演兇手的人找上門，也不必擔心啊。」

那是我在晚餐時想到的。

「兇手可能命令我們兩個一起死啊。」

「除非兇手手上有槍，但從笠原小姐的情況來看，似乎並不是這麼一回事。如果兇手不說出合理的行兇方式，我們不可能接受兩個人一起死的安排。」

「即使兇手叫我們用力把對方掐死，我們也不可能答應，但是，別忘了一件重要的事，萬一我是那個演兇手的人怎麼辦？你不是自投羅網嗎？而且，你有辦法向我證明，你不是兇手嗎？」

「只要讓第三者知道我們在一起就好，這麼一來，只要其中有一人死了，第三者就知道，另一個人就是兇手。」

「既然有第三者知道，兇手也不敢輕易下手。」

「沒錯。總之，我們在一起的利大於弊，即使其他房間發生了命案，我們也可以證明對方的清白。」

「第三者的證人要找誰？」

「我們可以各自決定。」

「嗯……」本多把嘴巴以下的身體都浸入水中，做了一個自由式的動作後抬起頭，「雖然有點複雜，就這麼辦。」

「可以嗎？」

「可以，那我在房間等你。」

「請你去找證人。」

「好。」

本多說完，走了出去。仰頭看他時，發現他寬闊的後背好像一道牆。

他剛走出去，雨宮京介就進來了。我原以為他很瘦，沒想到他脫下衣服後，身材並不輸給本多。

雨宮和我聊了很多表演的事，都是無關痛癢的話題，應該是故意挑選這種安全的話題。雖然我覺得與其聊這些沒營養的事，還不如不說話，但他可能認為我是新加入的，所以要多關照我。這種人是典型的領導型人物，只是未必能成大器。

我問了去倫敦留學的事，雨宮露出驚訝的表情，但並沒有問是誰告訴我的。

「現在還沒有真正決定到底是不是我。」

他說話的語氣似乎並不是很高興。我看了他的表情，不由得感到驚訝。我以為他只是惺惺作態，但他看起來似乎真的對留學這件事並不感興趣。

和雨宮一起泡完澡後，一看時間，發現已經十一點十五分了。我難得泡那麼久。可能是因為和雨宮聊天的關係吧。

因為泡了太長時間，所以喉嚨很渴。我記得冰箱裡還有很多罐裝啤酒，問雨宮要不要一起喝。

「不，今晚不喝了。」

他婉拒後，走上樓梯。走到一半時，停下了腳步，再三叮嚀我，在回房間前，要記得把交誼廳和走廊的燈關掉。

我正打算走去廚房，聽到樓上傳來開門和關門的聲音。我直覺地意識到那是由梨江的房間。我立刻躲進廚房，從門後悄悄地抬頭看向二樓的走廊，竟然看到田所義雄漸漸遠去。他的腳步似乎很輕快，難道是我的心理作用？我看著他走回自己的房間。

現在哪有閒情喝啤酒。

田所這個死傢伙，居然在晚上溜進由梨江的閨房。明知道不太可能，但還是不由自主地衝上樓梯，但走到一半，急忙急煞車。因為我看到由梨江剛好也從房間走了出來。她看到我，對我笑了笑，走向盥洗室。

我快步走在走廊上，在盥洗室前終於追上了她。

「呃……」

「嗯？」

由梨江對我露出燦爛的微笑。我再度發現，即使不化妝，美女仍然綻放出光芒。

「我有一件事想拜託妳。」

「什麼事？」

「我想請妳當證人。」

「證人？」

她嘴角露出笑容，但眼神中帶著疑惑。

我又對由梨江說了一次剛才對本多雄一說的話。

「如果明天早上我消失了，本多先生就是兇手。」

「好啊……本多先生也同意嗎？」

「對，他也同意了。」

「是喔，」由梨江露出看向半空的眼神，「好主意，那我也叫貴子來我房間好了。」

「如果妳這麼做，記得告訴我，我可以當妳的證人。」

「那就拜託了。」

由梨江向我鞠了一躬，動作恭敬得有點誇張，但她似乎並不打算把中西貴子叫到自己房間。

向她道了晚安後，我想起雨宮的命令，把交誼廳和走廊上的燈都關了。雖然我擔心這麼暗，由梨江從盥洗室出來時會看不到，但又覺得是杞人憂天。

我幾乎摸索著來到本多雄一的房間前，只敲了一次門，門就打開了。本多穿著運動衣褲。

「這麼晚才來。」

「因為找第三者的證人花了一點時間。」

「你找誰？」

「元村小姐。」

「喔……」本多倒吸了一口氣，「你這麼晚還去她房間？」

「剛好在盥洗室遇到她，就順便拜託她了。」

「原來是這樣。」

本多鬆了一口氣。

我忍不住苦笑著。人不可貌相，也許他在男女關係上很古板。原本想把田所從由梨江房間走出來的事告訴他，但最後還是作罷。

「你找了誰當證人？」

「我嗎？我沒有拜託任何人，既然你已經告訴由梨江了，那就夠了。」

「萬一我騙你怎麼辦？」

「我不想那麼疑神疑鬼，如果你是兇手，那就到時候再說。」

「你還真看得開啊。對了——」

說著，我觀察了室內。房間比我想像中更小，窗前放了一張床頭櫃，兩側分別放了兩張床，本多睡在右側那張床上。

「我們把床挪一下，讓兩張床剛好頂住門。」

本多聽到我的提議，瞪大了眼睛。

「為什麼要這麼做？」

「為了避免有人在半夜擅自離開房間，否則，不在場證明就無法成立了。」

「是喔，好吧。」

我和本多移動了兩張床，兩張床各堵住一半房門。無論哪一方要走出房間，都必須叫醒另一個人。因為床頭櫃太遠了，所以就搬了過來。

「我可能會打鼾，你就忍耐一下。」

「彼此彼此。」

我以為他會邀我在睡前喝杯蘇格蘭威士忌，但他立刻上了床。我不能向他要酒喝，只能躺了下來。在關檯燈前，看了一下時鐘，快十一點四十分了。

我可能迷迷糊糊睡著了，連續作了幾個很短的夢。我在黑暗中張開眼睛，似乎聽到了什麼動靜。黑暗中，隱約看到本多雄一躺在旁邊的床上。

不知道幾點了。我想看時鐘，但太黑了，看不到。我想稍微開一下燈，應該不至於吵到他，於是，拉了檯燈的開關。

但是，燈沒亮。我又拉了一次開關的繩子，還是沒亮。

「怎麼了？」

本多問我。聽他的聲音，他似乎也還沒睡。

「對不起，吵到你了。我想看時間，但檯燈不亮了。」

「呃。」本多粗壯的手臂從毛毯中伸了出來，拿起放在床頭櫃上的手錶，按了一下按鈕，一盞小燈照亮了液晶面板。

「十一點五十五分。」

所以，才過了十五分鐘而已。

本多把手錶放回原來的位置，忍不住輕笑了起來。

「想到兇手可能就睡在旁邊，所以無法安心睡覺嗎？」

「才不是這樣，這個檯燈怎麼了？」

「壞了吧，因為已經不新了。」

「是嗎？」

我又連續拉了開關好幾次，完全沒有動靜。

我重新蓋好毛毯，閉上眼睛，但腦袋似乎醒了，遲遲無法入睡。本多也沒有睡著的樣子。

我翻了身，又過了幾分鐘，眼前突然亮了起來。張開眼睛一看，發現檯燈亮了。

「嗚呃，怎麼回事啊？」

本多把臉埋進枕頭，燈光太刺眼了，我皺著眉頭，關上了檯燈。

「奇怪，到底是怎麼回事啊。」

「我就說壞掉了嘛，這次真的要睡了。」

本多不耐煩地說完，背對著我。我無法釋懷地閉上眼睛。

5

——元村由梨江的房間。

田所義雄進來之後，由梨江一度走出房間，但回房間後，立刻關了燈，躺在床上。

黑暗中，幾分鐘過去了，但由梨江並沒有睡著。她換了好幾個姿勢，床腳不停地發出咯吱咯吱的聲音。

不一會兒，再度聽到敲門聲。這一次的聲音比田所義雄敲門時更小聲。

由梨江拉了檯燈的開關，但燈沒有亮。「咦？」她在黑暗中嘀咕著。

她摸黑走到門旁。

「誰啊？」

沒有回答，但門外的人又輕輕敲了兩次。

「誰啊？」由梨江又問了一聲，打開了門鎖，把門打開一條縫。

就在這時，傳來一聲沉悶的聲音，由梨江發出呻吟，當場倒在地上。黑影從門縫滑了進來，撲在她身上。她的手腳試圖掙扎，但無法抵抗。漆黑中，兩個影子糾纏在一起。

由梨江很快就無法動彈了。入侵者和幹掉溫子時一樣，把她的身體拖出了房間。

第三天

〔久我和幸的獨白〕

昨晚睡得有點晚，但我六點就起床了。我不是自然醒來，而是被本多雄一叫醒的。他說要去上廁所，我只好起床，把床推回原來的位置。因為我判斷，我們已經沒必要再用床把門堵住了。

本多走出房間後，我打算再睡回籠覺，但他很快走回房間，又把我搖醒了。「怎麼了？」我微閉著眼睛問他。

「你現在回自己的房間，」本多說，「不要被別人發現。」

「為什麼？」

「我在廁所時想到，差不多該發生第二起命案了。」

「所以呢？」

「如果昨晚發生了什麼，我們兩個人都有不在場證明，但是，現在公布這個消息並非上策，沒必要讓其他人知道只有我們兩個人知道的事。」

「原來如此，有道理。」

「所以，」他低聲地說，「你偷偷回自己房間，不要驚動其他人，等一下再若無其事地走出房間。」

好主意，只是有一個問題。元村由梨江怎麼辦？我問本多，他用力點著頭，似乎早就想好了。

「去拜託她保密。當然，如果她是兇手，就失去了意義。」

「我想應該不會。」我說。

我偷偷溜回自己的房間，又睡了一個小時。

1

——交誼廳。

劇團的團員比昨天起得稍晚，八點多才紛紛起床。久我和幸第一個起床，接著本多雄一也走出了自己的房間。

隔了一會兒，雨宮京介和田所義雄也來到交誼廳，這時，幾個男人的臉上都露出難以形容的複雜表情。因為他們擔心昨天的情況會重演，還沒有起床的兩名女演員之一，會成為這場遊戲中的死者。尤其是田所義雄，像熊一樣走來走去，不時抬頭瞥向二樓，顯然在擔心元村由梨江的安危。

當中西貴子起床時，他們的憂慮達到了極限。幾個男人不約而同地走向樓梯，但田所搶先衝上了二樓。

「咦？你們怎麼了？」

貴子搞不清楚狀況，茫然地看著幾個男人經過自己身旁，走向由梨江的房間。

田所義雄敲了敲門。

「由梨江，由梨江。」

但是，房間內沒有人回應。田所看向身後幾個男人，「我可以打開吧？」

所有人都輕輕點頭，田所確認後，轉動了門把。門沒有鎖，一下子就打開了。

田所第一個踏進房間，巡視室內，發現元村由梨江不在房間後，低頭看著腳下。地上掉了一張紙。他撿起紙，看了上面寫的內容，懊惱地咬著嘴唇。

「是那個嗎？」

站在他背後的雨宮京介問，田所悵然地把紙遞給他。

「第三個設定——果然一樣。」

雨宮出聲唸了起來，「關於元村由梨江的屍體，屍體倒在這張紙掉落的地方。和上次一樣，發現這張紙的人就是發現屍體的人。屍體的前額有受到鈍器重擊的痕跡，脖子上有被掐死的痕跡。服裝為運動衣褲。另，各位仍然被大雪封閉在這裡，不得用電話等與外界聯絡——就這樣。」

呼。本多雄一重重地嘆了一口氣。

「第二起命案終於發生了。」

「但是，為什麼是她？」

田所義雄神經質地眯起眼睛，難以克制內心的焦躁，揮動著拳頭。「不一定要殺她啊，演兇手的人到底在想什麼？這麼早就讓這麼漂亮的人消失。」

「你好像覺得很遺憾。」

「對啊，當然很遺憾，」田所轉向本多的方向，「這裡有人完全不懂表演，想到我們居然被這種人耍得團團轉，就覺得很火大。」

「雖然你這麼說，但搞不好你就是演兇手的。」

本多說完，抓了抓下巴。

「開什麼玩笑？如果是我，一定會讓由梨江留到最後。」

田所說完，走到雨宮的面前，「你就實話實說吧？你是不是兇手？為什麼讓由梨江這麼早就消失？」

「你在說什麼啊？」

「你別再裝了，在目前這些人裡面，東鄉老師只會找你演兇手，掌控全局。」

「老弟，等一下，」本多插了嘴，「我們在演推理劇，如果要說誰是兇手，必須像偵探一樣推理，而不是這樣胡亂猜測。」

田所似乎還是很不滿意由梨江就這樣消失，隔著本多，狠狠瞪著雨宮，但隨即為自己的失態感到難為情，眨了好幾次眼睛，向眾人道歉說：

「對不起，我太激動了。」

本多拍了拍他的肩膀。

「這裡就先這樣，我們回交誼廳。」

雨宮調整心情，準備帶大家離開房間。

「等、等一下。」

久我和幸插了嘴。他走到床邊，指著床邊的檯燈，回頭看著門口，「檯燈開著，為什麼？」

「可能是兇手來的時候打開的，」雨宮說，「離開的時候忘了關。」

「嗯……是這樣嗎？」

久我和幸露出無法釋懷的表情看著檯燈，但其他人都走出了房間，他也只好跟著出去了。

「差不多該做一個了斷了吧？那就來好好查一查，到底誰是兇手。」

田所義雄站在交誼廳中央，好像指揮一樣揮動雙手。

「兇手就在你們四個人之中，」中西貴子巡視著四個男人，嘆著氣說：「你們不愧是演員，每個人看起來都像是兇手，但又感覺不像。」
「怎麼可能只有四個人，別忘了還有妳自己。」本多雄一說。
「我最清楚自己不是兇手。」
「無論問誰，誰都會這麼說。」
「有沒有人知道誰是兇手？」
田所義雄似乎對本多和貴子冗長的對話感到不耐煩，大聲地叫著。
沒有人發表意見，雙腿張開站在那裡的他看起來和其他人格格不入。
「不知道是設定她什麼時候被殺的。」雨宮京介開了口。
「應該是半夜吧。」本多雄一說。
「也可能是清晨。」
「不，不可能，」久我和幸看著中西貴子說，「檯燈開著。如果天已經亮了，就沒必要開燈。而且，我覺得深夜的可能性也很低，兇手應該是敲門，讓元村小姐開門，然後出手攻擊她。所以……」
「如果是深夜，由梨江就會感到奇怪。如果她睡著了，輕輕敲門可能叫不醒她。」本多雄一接著說道。
「就是這樣。」

「所以，就是大家都回房間後不久嗎？」

雨宮京介用平靜的聲音說，「時間的話，就是十一點到十二點多。」

「我十一點就上床了。」

貴子主張自己的清白，但幾個男人沒有理會她。

「誰最後看到由梨江？」雨宮問。

「應該是我吧，我在盥洗室的更衣間遇到她，差不多十點左右。」

「之後有人遇到她嗎？」

沒有人回答雨宮的問題。

「應該就是兇手了。」本多雄一說。

「唉，有沒有什麼好方法可以破案？兇手絕對就在這裡，但如果沒有找到任何線索，遊戲就結束了，不知道東鄉老師會怎麼罵我們。」

田所揉亂了一頭三七分的整齊頭髮，似乎開始在意導演的評價。

「我不是在附和田所，但為什麼會挑選由梨江？」中西貴子托腮嘟噥道，「和溫子時的情況不同，昨晚無論攻擊誰，大家都處於相同的條件。」

「只是剛好吧，」本多說，「也許只是基於女人比男人更好下手的理由而已，所以，也可能是妳。當然，如果妳不是兇手的話。」

「如果我是兇手，才不會連續殺兩個女人。嗯，可能會找本多。因為殺掉強壯的男人更有戲劇張力。」

「兇手缺乏考慮這種戲劇效果的品味。」

田所一再重複著相同的話。

「總之，我們還需要更多的線索。」

本多雄一高舉雙手，用全力伸著懶腰，搞笑地說：「兇手啊，拜託拜託，可不可以給我們一點提示？」

「你剛才不是說，這是推理劇，這樣討好兇手太奇怪了。」

田所立刻把他的話頂了回去。

「哈哈，對喔。」本多拍著自己的頭。

「真希望有測謊機，但這是作白日夢。」

貴子吐了吐舌頭，窺視著幾個男人，似乎表明自己無法推理誰是兇手。

幾個男人好像事先商量好似的抱著手臂，陷入了沉默。雖然各有所思，但每個人的臉上都看不出想到了什麼好主意。

「我覺得，」久我和幸說，「肚子好像餓了。」

本多雄一聽了，噗哧一聲笑了出來。

「太好了，我正期待有人說這句話。」

其他人可能也有同感，臉上的表情也都放鬆下來，空氣一度緩和。

現在到底是怎樣？到底是怎麼一回事？為什麼由梨江扮演被殺的角色？難怪田所義雄這麼生氣，既然她消失了，來這裡的意義就減少了一半。

事到如今，只能趕快找出誰是兇手的角色，讓這場鬧劇盡快落幕。

幸虧昨晚和本多雄一相互製造了不在場證明，所以兇手的範圍縮小成三個人。雨宮京介、田所義雄和中西貴子。以常識判斷，應該是雨宮，但搞不好是田所。我認為不可能是貴子，因為兇手也需要腦袋。

有一件事令我感到不解，就是昨晚床邊的檯燈不亮這件事。那到底是怎麼回事？和事件有關嗎？

〔久我和幸的獨白〕

今天的早餐是來這裡之後最安靜的一餐，每個人都默默地吃著，腦袋裡八成都在推理。其他人必須在除了自己以外的四個人中找出兇手，我和本多的懷疑對象各少了一個。當我和本多四目相接時，他得意地對我笑了笑，意思是說，怎麼樣？幸虧我叫你那麼做吧？雖然我們比其他人更接近真相一步，但如果輸給他就太沒意思了。我絕對不能輸。

早餐後，大家也沒有聚在一起討論，各自分頭行動。回想起來，之前是因為由梨江發揮了很大的作用，如果有她在，田所和雨宮才會經常坐在一起。

田所回去自己的房間，我有命案以外的事要問他，於是，走去了他的房間。

他打開門時看到我，露出有點意外的表情，我說有事要問他，他不加思索地讓我進了房間。

「找我有什麼事？」

他站在窗邊問道，我可以感受到他的警戒。

「你昨晚去了元村小姐的房間吧？」

我單刀直入地問，田所顯得驚慌失措。

「什麼、意思……這是、怎麼回事？」

「你不必隱瞞，因為昨晚十一點多的時候，我看到你從她房間走出來，但是，我看你剛才並沒有提這件事。田所先生，難道你是兇手嗎？你是去她房間演殺了她的戲碼之後才離開的嗎？」

為了問田所這件事，所以我剛才沒有在眾人面前提到昨晚在盥洗室前遇到她。

田所露出「完了」的表情。

「不是，才不是這樣。」

「那你為什麼去她房間？」

我緊追不捨。

田所義雄一開始很慌張，但得知被我看到之後，無意繼續掩飾，反而露出無所謂的笑容。

「我找她有點事。」

「哪方面的事？」

「私事。」

「我想也是，但是，可不可以請你告訴我談話的內容？我剛才沒有告訴大家看到你從元村小姐房間走出來的事，因為我想先向你問清楚情況。」

「我很感謝……我該這麼說嗎？」

田所在旁邊的床上坐了下來。

「如果你不告訴我，我只能回去樓下，在大家面前公布這件事。到時候，你就必須在眾人面前說實話。」

田所發出呻吟，一再重複：「真的只是私事。」

「你可以證明嗎？」

「雖然無法證明，但我可以發誓。」

「你對我發誓也沒用。」

我撥了撥劉海，雙手扠在腰上，轉身向後走。「那就沒辦法了，我只能向大家公布這件事。因為我不可能毫無理由地隱瞞這麼重要的線索。」

當我走到門口，握住門把時，他叫住了我。

「好吧，那我告訴你。」

當我轉過頭，發現田所對我露出諂媚的眼神。

他告訴我的重點，就是他去向元村由梨江確認她的心意。雖然田所似乎有把由梨江的反應擴大解釋為對自己有利的傾向，但既然她回答並不是從男人的角度愛雨宮，對我來說，就是好消息，只是覺得她的這句話不能照單全收。本多雄一不是斷言，他們兩個人的關係確有其事嗎？當然，感情這種事，當事人說的話應該最正確。

「我瞭解了，對不起，剛才我苦苦相逼。」

「不會啦，我知道你也是情非得已。」

雖然他剛才不願意說出實情，但總覺得他似乎面露得意。搞不好他心裡其實很想說給別人聽。

走出田所的房間後，站在走廊上往交誼廳觀望，發現只有中西貴子一個人戴著隨身聽的耳機坐在那裡。她可能正在聽什麼充滿動感的樂曲，身體前後左右地搖晃著，胸部也跟著上下起伏。

雨宮京介和本多雄一不在交誼廳。

我決定再去看一下元村由梨江的房間，也許可以發現某些線索。

我沒有敲門，直接打開了由梨江的房間。沒想到裡面已經有人了。是雨宮京介。他蹲在地上。

「喔，你也來調查嗎？」

看到我愣在原地，他露出靦腆的笑容抬頭看著我。

「是啊……你在幹什麼？」

「自以為是偵探，想看看兇手有沒有留下什麼東西。」

雨宮站了起來，拍了拍膝蓋，「可惜一無所獲。」

「雖然我不是在附和本多先生，但提示真的太少了。」

「嗯，也許，」說著，他微微偏著頭，「按照劇情，還會有人死亡，所以，在此之前，兇手絕對不會曝光。」

「有可能。」

我表示同意後，想到雨宮雖然這麼說，但他有可能是兇手，不由得產生了警戒。即使只是遊戲，我也不希望演一個突然被殺的角色。

我觀察著室內。想到不久之前，元村由梨江還住在這個房間，就不由得臉紅心跳。房間內有兩張床，其中一張完全沒有使用過的痕跡，應該是笠原溫子的床。另一張床的毛毯翻開，床單上的縐褶有一種感官的刺激。

雖然同樣是雙人房，這個房間比本多那一間稍微大一點。牆邊有一張桌子，牆上裝了一面圓鏡，可以當作梳妝台使用。也許是因為這一點，那兩個女生選擇了這個房間。架子上放了一整排和男人無緣的化妝品，我忍不住尋找，不知道由梨江的口紅是哪一支。雖然即使找到了也沒有用。

「東西真多啊。」

雨宮走到我旁邊，表達了相同的感想。「咦？這是什麼？」他伸手去拿角落的一個小包，但可能隨即察覺到那是什麼，立刻把手縮了回來。我也同時猜到了那是什麼。

從小包敞開的口中，看到裡面放了衛生棉。不知道笠原溫子還是元村由梨江剛好是生理期。中西貴子說，在泡澡時遇到了由梨江，所以可能是溫子。不，溫子也泡了澡。聽說女生在生理期只要用衛生棉條，就可以照樣泡澡。

「是忘了收起來嗎？」雨宮小聲嘀咕，「即使是為了表現真實性，應該也不願意讓我們男人看到這種東西吧？照理說，離開這裡時，應該會收拾一下。」

「是啊，可能只是忘了。」

讀高中時，我看到坐在前排的女生課桌內放了一個小袋子，我問她那是什麼，她慌忙藏了起來，狠狠地瞪了我一眼。結果只是因為這個原因，就整整一個星期不理我。事後聽其他女生說，那是放衛生棉的袋子。可見女生多麼不希望男生看到這種東西，照理說，不可能就這樣大剌剌地丟在那裡。

我離開架子前，在門口附近隨意觀察著，雨宮在床附近檢查。我們兩個人都覺得很不自在。

幾分鐘後，走廊上傳來急促的腳步聲，我打開房門，本多雄一在走廊上向交誼廳張望，一副心神不寧的樣子。

「怎麼了？」

我問他。他露出從來沒有見過的嚴肅表情走了過來，手上拿了一根黑色的棒狀物。

「雨宮也在嗎？太好了。」

「你發現什麼了嗎？」雨宮也走了過來。

「鈍器，」本多說，「掉在屋後。」

他遞出黑色金屬製的細花瓶。之前好像在哪裡看過。

「喔？發現了凶器嗎？由梨江設定為遭鈍器擊中後被掐死，沒想到真的有凶器，但是，有什麼證據可以證明，這就是凶器嗎？」

「你不覺得很眼熟嗎？」本多問，「這個花瓶之前放在盥洗室的窗台上。」

「啊！」我和雨宮同時發出叫聲。

「原來設定兇手用那個打由梨江，我之前完全沒有察覺到，這是盲點。」

雨宮一臉欽佩地說，但本多雄一仍然面色凝重。

「你們仔細看，上面是不是沾到了什麼？」

本多說著，把花瓶遞了過來。我和雨宮都探頭凝視著花瓶，不瞭解本多說的意思。

「好像……沾到了什麼。」

「對吧？」

他把花瓶舉到眼睛的高度，用難過的聲音說：「無論怎麼看，都覺得這個血跡是真的。」

我不知道該說什麼，和雨宮一起愣在原地。

2

——交誼廳。上午十一點。

「到底是怎麼回事？」

中西貴子氣鼓鼓地問，呼吸也很急促。

「我也不知道是怎麼回事。」

本多雄一盤著腿，一臉不悅的表情。沾到血跡的金屬花瓶放在他前面，所有人都圍坐在花瓶周圍。

「只是你們不覺得奇怪嗎？為什麼上面會有血跡？」

「是真的血跡嗎？」

田所義雄打量著花瓶，好像在看什麼可怕的東西。

「我認為是，如果你不相信，可以自己看。你以前不是在醫院打過工嗎？」

聽到本多這麼說，田所義雄戰戰兢兢地伸出手，稍微看了一下，就放回原來的位置。

「的……的確很像是真的。」

他說話時也忍不住結巴起來，臉色蒼白，「這到底是怎麼回事？為什麼會有這種東西？」

「所以我才說奇怪啊。」

「不，以東鄉老師的作風，搞不好會這麼做。」

雨宮京介比平時更慢條斯理地說，似乎想要讓大家冷靜下來。

「在道具上沾真的血跡嗎？有什麼目的？」

本多急促地問，和雨宮完全相反。

「當然是為了增加真實感。」

聽到雨宮的回答，本多哼了一聲。

「其他事項全都靠我們發揮想像力。要求我們假裝被大雪封閉在這裡，也無法和外界取得聯絡，最後還叫我們想像這裡有屍體，為什麼唯獨凶器有真實性？」

「至少讓凶器看起來像真的——可能是這樣的意圖吧。這是唯一能夠想到的可能性，除此以外，還有什麼可能？」

被雨宮這麼一問，本多閉了嘴，重新端詳了花瓶後，用力抓著後腦勺。

「如果大家覺得不重要，就無所謂了，我只是覺得有點毛毛的。如果大家覺得只是老師的別具匠心，那我也可以接受啊。」

「老師在某些地方很孩子氣，」中西貴子開朗地說，「他一定想讓我們真的感到害怕。」

「也許吧。」

「那這個問題就算是解決了。」

雨宮京介拍了一下手，結束這個話題，然後又搓著手說：「既然找到這麼重要的線索，能不能根據這個提示進行推理呢？」

「這個花瓶原本放在盥洗室的窗台上吧？」久我和幸用平靜的聲音說，「在得知元村小姐遇害之前，有沒有人發現花瓶不見了？」

沒有人回答。

「那最後是什麼時候看到它在盥洗室呢？」

「我昨晚睡覺前，還曾經看到過。」雨宮回答。

「所以，兇手可能在去由梨江小姐的房間之前，去盥洗室拿了花瓶，行兇之後，又丟到屋後。」

「還沾上真正的血。」本多雄一補充說。

「沒錯，雖然不知道兇手是怎麼保管血液的。」

久我和幸隨口說的這句話，又讓其他人陷入了思考。

「為什麼這次先用鈍器打她，才掐脖子致死呢？」

中西貴子提出了疑問，「溫子那時候，是直接用耳機線勒死的。」

「可能是考慮到行兇時的狀況吧，」雨宮說，「溫子的情況，是她在彈鋼琴時，突然從背後攻擊；但由梨江是面對兇手，突然伸手掐死她很不自然。從現實的角度來思考，由梨江可能會抵抗。所以，當她一打開門，先用鈍器把她敲昏，然後再掐死她。」

「你說得好像當時就在現場。」

本多雄一斜眼看著雨宮，笑嘻嘻地說，「所以，兇手果然是——」

雨宮伸手制止他把話說完。

「如果稍微動一下腦筋推理，就被當成是兇手，那誰都不敢說話了。如果是兇手，絕對不可能說出自己的推理。」
「搞不好是煙霧彈啊。」
「真傷腦筋，我還以為自己在演名偵探，所以，我不可能是兇手，但又沒辦法向你們證明。」
雨宮雖然看起來面露愁色，但他似乎並不是真的感到無奈，反而是對於這樣的對話樂在其中。
「即使你是扮演偵探的角色，也沒有理由相信你。偵探和兇手是同一人的設定，早就已經用到爛了。」
「有道理，但這不符合遊戲規則，你知道什麼是推理小說十誡嗎？」
「偵探和主角不可以是兇手——那已經是陳腔爛調了。」
「推理小說十誡是什麼？」
中西貴子探頭輪流看著雨宮和本多。
「有一個叫諾克斯的人說，中國人太可怕了，所以推理小說中，不可以有中國人的角色。」
「這算什麼？好奇怪，根本是種族歧視造成的偏見。」
聽到貴子這麼說，坐在兩側的男人全都噗哧笑了起來。

「種族歧視嗎?嗯,沒錯,如果是我,應該可以寫出更像樣的十誡。」

本多雄一攤開右手,彎起大拇指。「首先,無法好好進行人物描寫的作家,不許寫名偵探。」

啊哈哈。久我和幸笑了起來。

「因為經常見到某些角色沒有個性,也缺乏魅力,卻被封為名偵探。作者缺乏描寫能力,只用文字敘述這個男人頭腦清楚,博學多才,行動力超強,而且,作者還煞有其事,特別為偵探取了一個聽起來威震八方的名字。」

「還有,不要小看警方的偵查能力。」

「這點也很合理,」雨宮點點頭,「但是,如果如實寫出警方真正的辦案能力,搞不好就輪不到偵探來解謎了。」

「所以我們需要『在大雪封閉的山莊裡』這種設定。」

「還有一點,不要整天說什麼符不符合遊戲規則。」

「這是對誰說的?對作家?還是讀者?」

「雙方啦。」

說完,本多又折起第四根手指,「還有一點——」

「知道了,知道了。」

雨宮苦笑著，伸手制止了本多的得寸進尺，「下次找機會好好聽聽你對這個問題的高見，現在討論眼前的事更重要。呃，我們剛才在討論什麼？」

「就是用花瓶打元村小姐的設定。」

久我和幸發揮了他的冷靜。

「喔，沒錯。都是本多說那些廢話，才會越扯越遠。」

「所以，使用鈍器，是為了把她敲昏，」中西貴子確認道，「結果不小心弄傷了她的額頭或是其他地方，導致出血了。」

「應該是這樣吧。」雨宮說。

「恕我舊話重提，但這種設定有必要嗎？」

本多雄一拿起花瓶，「鈍器基本上就是為了避免出血才使用的凶器，那為什麼要特地讓它沾到血呢？」

「當然是……為了製造緊張的氣氛。」雨宮再度回答，「人看到血就容易激動，老師利用人類的這種習性，造成我們情緒緊張。」

「是喔，習性。——喂，老弟，你要去哪裡？」

田所義雄沒有加入討論，突然站了起來，走上樓梯，本多問他。他走到樓梯上方，低頭看著其他四個人。

「我去由梨江的房間看看。」
「看什麼？」
本多問。田所沒有回答，在走廊上走了幾步，來到由梨江房間門口時，轉過頭說：
「我對沾到血這件事無法接受，我去她房間檢查一下，也許可以發現什麼。」
「剛才我和久我已經檢查過了，沒有發現任何東西。」
雖然雨宮這麼說，但田所沒有吭氣，走進了房間。
呼。本多重重地嘆了一口氣。
「我能夠理解他的心情，心愛的由梨江扮演被人殺害的角色，凶器上沾到了真正的血跡，當然無法保持平靜。我也仍然對這個問題感到不解，好吧，那我就陪他一起去看看。」
他拍了拍雙腿站了起來，邁著輕快的步伐走上二樓。
「田所似乎仍然沒有對由梨江死心，」中西貴子意味深長地看著雨宮，「都怪你不表明態度，他才會沒有察覺自己完全沒有指望，至今仍然抱著一線希望。」
「我和由梨江不是這種關係。」
「啊喲，為什麼事到如今，還在說這種話？你們吵架了嗎？」
貴子瞪大眼睛。
「全都是你們在瞎起鬨。先不談這件事，來認真推理一下吧。」

「那就在你剛才的推理基礎上進行吧，」久我和幸說，「兇手用花瓶擊昏由梨江，然後掐死她。剛才說到這裡吧？之後兇手又做了什麼？」

「當然是回去自己的房間啊。」

「不，在回自己房間之前，應該先把花瓶丟去屋後。啊，這樣的話——」久我不知道想到了什麼，視線看著半空，「屋後當然會留下腳印。啊，不行，後門放了長雨靴，兇手應該穿了長雨靴，所以，不能從鞋底推測誰是兇手。」

「但還是去看一下吧，搞不好門上又貼了什麼說明狀況的紙條，寫著『有雨靴留下的腳印』之類的，沒有說明的話反而奇怪。溫子被殺的時候，大家分頭調查出入口時，看到寫著『地上沒有腳印』的紙條。沒有腳印的時候寫紙條，兇手應該留下腳印卻沒有寫，未免太不公平了。」

「但如果貼了什麼紙，剛才本多應該會看到啊。」

「可能他沒注意。貴子，如果妳怕冷，就留在這裡吧。」

「我要去，我要去。我去總行了吧？」

貴子不耐煩地站了起來，跟在雨宮他們身後。

但是，他們走到走廊中央時，田所和本多從由梨江的房間走了出來。兩個人默默走到雨宮他們面前。

「你們怎麼了？為什麼露出這麼可怕的表情？」

「你們看這個。」

田所遞上一張小紙條。

雨宮接過紙條，瞥了一眼，眼神頓時嚴肅起來。

「在哪裡找到的？」

「房間的垃圾桶裡，」本多回答，「你剛才沒看到嗎？」

「垃圾桶……不，我瞥了一眼，但沒有仔細檢查紙屑，因為當時覺得不能隨便侵犯他人隱私。」

雨宮懊惱地看著紙條，好像做錯了什麼大事。

「紙上寫著什麼？」貴子從旁邊探著頭，隨即皺起眉頭，「這是什麼？怎麼回事？把這張紙當成鈍器是什麼意思？」

「哪有什麼意思，就是妳看到的意思啊。」田所義雄的聲音微微發抖，「推理劇的設定中，凶器丟在由梨江房間的垃圾桶裡，那個沾到血的花瓶到底又是怎麼一回事？」

〔久我和幸的獨白〕

我們又回到交誼廳，圍成一圈坐了下來，但陷入了前所未有的緊張氣氛。

那張紙上寫著——

把這張紙當成鈍器（盥洗室的花瓶）。

難怪田所會開始歇斯底里。如果這張紙是凶器，本多找到的那個真花瓶又是怎麼一回事？又該如何說明上面沾到了血跡這件事？

「這樣或許不符合遊戲規則，」田所可能努力壓抑著激動的情緒，說話的聲音有點緊張，「關於這個凶器的問題，可不可以請演兇手的人說明一下呢？老實說，如果不解釋清楚，接下來根本沒有心思繼續排演。」

「你是叫兇手說出自己是兇手嗎？」本多雄一露出受不了的表情，「這怎麼可能嘛。」

「兇手不必說出自己是兇手，我有一個想法。」

「要怎麼做？」

田所從放電話的桌子上拿來幾張便條紙。

「這個發給每個人，演兇手的人可以找一個時間，寫下關於凶器的說明，寫好之後，放在大家看不到的地方。」

「我還以為是什麼好主意呢。」

本多不以為然地把頭轉到一旁。

「但是，問演兇手的人不是最確實嗎？我們瞭解情況之後，也可以比較放心，用這個方法，也不會暴露誰是兇手。」

「不，我覺得不太妥當。」雨宮京介說，「一旦寫了紙條，可能成為找到兇手的提示。這麼一來，就稱不上是解謎，東鄉老師特地做這個實驗，也就失去了意義。」

「那到底該怎麼辦？難道就當作沒這回事嗎？」

田所義雄露出不滿的表情。

「你們很奇怪喔，」本多忍無可忍地說，「事到如今，還在說演戲不演戲的事。」

「什麼意思？」中西貴子問。

「我一開始就覺得這場遊戲有問題，這真的是排練嗎？會不會根本不是這麼一回事？」

「那到底是怎麼回事？東鄉老師特地把我們找來這裡，到底有什麼目的？」

雨宮忍不住尖聲問道。

「如果只是排演，那就解釋一下花瓶是怎麼一回事？雨宮，你能夠解釋嗎？」

本多的語氣幾乎像在吵架，面對眼前莫名其妙的事態，我也很想找人吵架。

「正因為沒辦法解釋，所以才在煩惱啊。」雨宮說著，也瞪著本多，「還是說，如果這不是排演，就有辦法解釋嗎？」

本多環視所有人後，猛然站了起來，然後在周圍踱步，低頭看著我們。

「對，當然可以解釋，而且合情合理。我相信你們也注意到了，只是害怕說出口。久我，你有什麼看法？你什麼都沒有察覺嗎？」

突然被他點到名，我慌了手腳，但還是閉上嘴，移開了視線。我當然猜到本多想要說什麼。

「事到如今，就由我來說吧。」

他的喉嚨動了一下，似乎吞了一口口水。

「這場殺人劇根本不是演戲，雖然讓我們以為是在演戲，但其實都是真實發生的。一旦從這個角度看，就會發現一切都有了合理的解釋。兇手原本打算把花瓶丟在垃圾桶裡，但沒想到沾到了血跡，所以就把花瓶丟去了屋後，然後寫了一張紙，丟進垃圾桶。也就是說，溫子和由梨江都是真的被殺了。」

「別說了！」

田所義雄突然叫了起來。我嚇了一跳看著他，他臉色鐵青，嘴唇發白，微微發著抖，再度叫著：「閉嘴，你不要胡說八道。」

「好啊，我會閉嘴，因為我想說的話已經說完了。」

本多雄一盤起了腿，「如果你們有其他的解釋，我洗耳恭聽。」

「你們別吵了，」貴子雙手緊握在胸前，尖聲大叫著，「一定是哪裡搞錯了，這麼可怕的事……絕對不可能發生。」

「我也這麼認為，」雨宮說，「我相信只是因為疏失，導致凶器重複了，不必在意這種細節。」

「你倒是很沉著嘛，」低著頭的田所義雄緩緩把臉轉向雨宮的方向，「是因為知道真相，所以才這麼篤定嗎？」

「才不是這樣。」

「騙人，你一定知道。」

田所伸出雙手，抓著雨宮的膝蓋撲了過去，「你說，由梨江是不是平安無事？她並不是真的被殺，對不對？」

田所已經陷入錯亂，根本不知道自己在說什麼，他似乎認定雨宮就是兇手，但既然這樣，就不應該說「她並不是真的被殺」，而是要說「你並沒有真的殺她」。

「你冷靜點，我不是兇手。」

雨宮京介推開田所的手，田所失去了重心，雙肘撐在地上，用拳頭用力敲著地板，宣洩著內心的憤怒。我覺得這個演技不夠好，如果是我，會揮起拳頭後停在半空，咬緊牙關，這樣更能夠表現懊惱的情緒。

這種時候，我到底在想什麼啊？

從剛才開始，就一直在想一些無聊的事。這不是演戲，而是現實。由梨江可能已經死了，事情鬧大了。

但是，我沒有真實感。雖然我能夠接受，也瞭解目前的狀況，但腦袋裡的齒輪好像沒有卡緊，一直在空轉。

「總之，先冷靜思考。」

雨宮說著，用力深呼吸，似乎想要平靜自己的慌亂，「目前只是凶器這個小道具上出現矛盾。雖然本多說，真的發生了凶殺，但並沒有見到屍體，所以，我認為不必急於做出這樣的結論。」

「但除此以外，還有其他合理的解釋嗎？」

或許是因為情緒太激動了，本多說話很大聲，在整棟房子內產生了回音。

「但是，如果真的殺了人，可沒這麼簡單，屍體要怎麼處理？」

「只要偷偷搬出去，藏在某個地方就好。」

「你別說得不明不白的，哪裡有地方可以藏屍體？」

本多似乎沒有想到怎麼回答雨宮的反駁，右手拚命擦著閉起的嘴巴。

這時，中西貴子「啊！」地叫了一聲，我嚇了一跳，轉頭看著她。

「怎麼了？」雨宮問。

「那個……水井。」

「水井？水井怎麼了？」

貴子趴在地上，爬到我身邊。

「那個舊水井，屍體會不會丟在那裡？」

這次輪到我發出了「啊！」的叫聲。本多雄一同時衝向廚房，他似乎打算從後門繞去屋後。我也跟在他身後，其他三個人也跟了過來。

數十秒後，我們圍在紅磚古井旁。

「久我，你不覺得蓋子和昨天不太一樣嗎？」

貴子哭喪著臉，指著蓋住水井的木板問我。我瞥了一眼，昨天也沒仔細看，更不可能記得木板放成什麼樣子。

「我不太清楚。」

我的回答等於沒回答。

「廢話少說，打開看看就一目了然了。」

本多雄一向前一步，移開一塊木板。我也在一旁幫忙，雨宮也開始拿木板。貴子因為害怕而躲在一旁還情有可原，沒想到田所義雄也茫然地站在原地。

總共有六塊木板，移開木板後，仍然看不到井底。這座井很深，可怕的黑暗似乎沒有盡頭。

「貴子，手電筒。」本多發出指示。

「哪裡有？」

「找一下應該有吧，緊急用什麼的。」

「有嗎？」

貴子偏著頭走回屋裡，「我也去。」雨宮也跟著她進了屋。

目送他們離開後，我又看到豎在牆壁前的那張桌球台，忍不住再次思考，為什麼要放在這裡？

在等待中西貴子把手電筒拿來的時候，我們丟了三塊石頭到井裡。丟小石頭時聽不到任何聲音，丟一塊稍微大的石頭時，也只有隱約聽到悶悶的聲音。

「井底好像是泥土。」

「但願是泥土，眼前先不管這些──」

趁田所義雄探出上半身向井裡張望時，本多對我咬耳朵說：「雖然不知道接下來會怎樣發展，先別提我們的不在場證明，知道嗎？」

我默默點頭。我也有同感。一旦知道我們兩個人有不在場證明，其他人可能會抓狂。

當本多離開我身邊時，雨宮京介和中西貴子回來了。貴子手上拿著圓筒形的手電筒。本多接了過來，照向古井。我們也探頭張望。

「不行，看不清楚。」

本多咂著嘴。古井中間變窄了，擋住了光線。

「你稍微改變一下角度。」

我說，本多也移動了手電筒，但無法照到井底。

「媽的，真是天不從人願。」

本多關掉手電筒後遞給我，「你要不要試試？」

他個子很高，手也很長，連他都沒辦法，我怎麼可能做得到？我搖了搖頭。

「接下來要怎麼辦？」

他單手拿著手電筒轉動著，看著雨宮京介。雨宮聳了聳肩。

「沒怎麼辦，反正我一開始就不認為這種地方會有屍體。」

「原來如此，也對，老弟，你呢？」

本多問田所義雄的意見，田所愣在那裡，似乎無法思考。

「要不要先把蓋子蓋起來？」

我在一旁問。本多揚起下巴，點了點頭，「這倒是。」

我們依次放好六塊木板，但在放第三塊時，我看到了異物。木板角落勾到一根紅線。

「喔喔，這是什麼？」

本多似乎也發現了。我拿起來，放在手上端詳，是一根紅色毛線。我好像在哪裡看過這個顏色。

「啊！這個！」

中西貴子在我耳邊叫了起來。

「怎麼了？」

本多問。

貴子一臉快哭出來的表情，像嬰兒在哭鬧時那樣扭著身體。

「這是……溫子毛衣上的毛線。」

3

——交誼廳。下午一點半。

凝重的氣氛籠罩了所有人。中西貴子不停地哭泣，田所義雄捂著臉，躺在長椅上。其他三個男人彼此保持距離，有的盤腿，有的抱膝而坐。

「別哭了，現在還不確定井裡是否真的有屍體。不，溫子和由梨江是否真的被殺，這件事我們也還不確定。」

雨宮京介說話的聲音發虛。雖然他在勸貴子，但似乎想要讓自己平靜。

「那到底是怎麼回事？為什麼溫子毛衣上的線會勾到水井的蓋子？」

中西貴子完全不在意自己的臉哭花了，瞪著雨宮。雨宮似乎想不出具有說服力的理由，一臉苦澀地低下頭。

「無論如何，」久我和幸開了口，「兇手就在這裡。雪地上沒有腳印只是兇手寫在紙上的設定，如果真的發生了命案，必須考慮到有人從外面潛入後行兇的可能性，但所有出入口都從內側鎖上了。」

「如果是外面的人，怎麼知道溫子一個人彈鋼琴，以及誰睡在哪一個房間，也很難掌握犯案的時機。一定是內部的人。」

本多雄一斷言。

「兇手一定是很、很有力氣的人。」貴子抽抽答答地說，「因為，你、你們想一想，要把屍體搬到那裡，我根本沒這麼大的力氣。」

「不，這倒不一定。」

本多雄一用沒有起伏的聲音反駁。

「為、為什麼？」

「因為她們並不一定是在遊戲室或是臥室被殺的，搞不好兇手用花言巧語騙她們到屋後，在那裡殺了她們。即使是沒什麼力氣的女生，把她們丟進井裡應該不是問題。而且，貴子，妳在女生中算是體格不錯的。果真如此的話，說明狀況的那些紙條就成為很出色的詭計，成功地讓我們誤以為現場是在遊戲室和臥室。」

本多一口氣說道。沒有親眼看到溫子和由梨江被殺的人，當然會想到這樣的推論。

「我才不是兇手呢！」

貴子握緊手帕叫著，「我為什麼要殺她們？我們感情很好啊。」

「那在座的哪一個人有殺她們的動機？」

「這種事我怎麼知道。」

貴子大叫的同時，剛才始終沒有動靜的田所義雄突然站了起來，邁開步伐。

「你要去哪裡？」雨宮京介問。

「打電話。」田所回答。

「打電話？」

「我要打電話給老師問清楚。」

他站在電話前，拿起了電話。

「慘了。」

本多雄一正準備站起來，久我和幸已經動作敏捷地衝到電話旁，掛斷了電話。

「你幹什麼？」田所怒目相向。

「等一下。如果你要打電話，必須徵求所有人的同意。」

「為什麼要徵求大家的同意？這裡發生了命案！」

「但現在還不確定啊。」

「哪裡不確定？證據都很齊全了。」

「老弟，你先鎮定。」

本多抓著田所的手臂，硬是把電話從他手上搶了下來。

「還給我。」

「我們可不能讓你亂來，你一個人慌張也沒有用。」

田所義雄被本多和久我兩個人從兩側架著，拖回了原來的位置。

「為什麼不行？為什麼不讓我打電話？」

即使兩個人放開了田所，他仍然氣鼓鼓地大叫。

「因為還有一線希望。」

因為沒有人回答，雨宮京介無可奈何地開了口。

「希望？什麼希望？」

「也許這只是劇本的希望。本多雖然嘴上說確信發生了命案，但我猜想他仍然沒有放棄希望，覺得搞不好是東鄉老師安排的……」

雨宮說完，看著站在旁邊的本多問：「對吧？我沒說錯吧？」

本多苦笑著抓了抓眉毛上方。

「我無法斷言完全沒有這種可能性，畢竟是東鄉老師安排的，誰知道他會做什麼。」

「沒錯，沾到血的凶器和紅色毛線都可能是故意要讓我們看到的。」

「我完全沒有想到，」中西貴子露出不知所措的表情小聲嘀咕，她終於不再哭了，「如果是老師的安排，為什麼要這麼做？」

「當然是為了讓我們混亂，」雨宮立刻回答，「即使在紙上寫了關於笠原溫子屍體的設定，我們也完全沒有緊張感，也沒有認真投入這齣戲。老師早就猜到會有這種情況，也許用這種方式讓我們完全投入推理劇的世界。」

但是，雨宮說到一半，田所義雄就開始拚命搖頭。

「如果不是這樣呢？我們還要和殺人兇手繼續相處幾十個小時。」

「到明天為止，只要努力撐到明天就好。」

「我不要，我要打電話。」

田所再度準備站起來，本多按住了他的肩膀。

「這麼一來，之前試鏡的努力就等於白費了。」

這句話似乎發揮了效果。田所的身體好像斷了電般全身無力。

「試鏡……對喔。」

「就是這樣，」雨宮靜靜地說，「我也很想打電話，因為身處這種不安太痛苦了，但如果這是事先設計好的，一旦打了電話，我們就喪失了資格。」

「我才不要喪失資格，」中西貴子說，「費了那麼大的工夫，好不容易把握的機會，我不想放棄。」

「大家都一樣。」久我和幸也說。

「對喔……」

田所的後背用力起伏，起伏的動作漸漸平靜下來。「但是，要怎麼確認？怎麼確認這一切是不是設定？」

雨宮和本多都沒有立刻回答，田所又重複了一遍，「告訴我，要怎麼確認？」

「很遺憾，」本多說，「目前還沒有辦法，確認有沒有屍體勉強可以成為判斷方法。只要發現屍體，就不是排練。那時候，就毫不猶豫地打電話，但不是打給老師，而是報警。」

「但是，井底的情況根本看不清楚……」

「所以啊，」本多把手放在田所肩上，「剛才雨宮也說了，就等到明天，一切忍耐到明天再說。」

田所義雄抱著自己的頭發出呻吟，似乎難以承受內心的焦急。本多不耐煩地低頭看著他，突然覺得很好笑，微微苦笑著。

「我們現在安慰他，結果搞不好他就是兇手，沒有人能夠保證不會發生這種情況。」

「我不是兇手。」

「嗯，我知道，以後大家都不必再說這句沒用的台詞了。」

「對了，」久我和幸緩緩地說，「不管是不是東鄉老師的安排，我們都只能推理誰是兇手吧？」

「是啊。」本多表示同意。

「那到底該根據怎樣的狀況進行推理呢？仍然以笠原小姐的屍體在遊戲室，元村小姐的屍體在臥室被發現為前提嗎？」

「不，這……」

本多吞吐起來，看向雨宮，徵求他的意見。

「現在情況已經不同了，不能這樣吧。」

雨宮皺起眉頭，不知道是否覺得口乾，連續舔了好幾次嘴唇。「只能把現實做為推理的材料。發現了沾到血跡的花瓶，在水井蓋子上發現了溫子的紅色毛線。還有——」

「她們兩個人消失了，是不是？」

本多說完，雨宮一臉愁容地點了點頭。

元村由梨江已經死亡的機率應該有百分之八十。

這個數字並沒有特別的根據。根據眼前的狀況，通常會認為她應該已經沒有活命的機會了，難怪會把女人不想給別人看到的生理用品留在房間內。

話說回來，正如雨宮說的，也可能是東鄉陣平的計謀，只不過我不是樂天派，不會做出五五波的樂觀預測，所以，包括心理準備在內，認為機率大約是八成。

〔久我和幸的獨白〕

元村由梨江清澈的雙眼、漂亮的嘴唇、白皙的肌膚不斷浮現在我的腦海中，我還正確地記住了她的聲音。想到再也無法親眼看到、親耳聽到這一切，我就心如刀割。早知如此，昨天晚上就應該鼓起勇氣去她的房間，雖然明知道自己沒有這個打算，也沒有那個膽量，但還是後悔莫及。

如果這一切都是東鄉陣平的安排，讓元村由梨江帶著美麗的笑容再度出現在我面前，我會毫不猶豫地向她表明心跡。這次的事讓我瞭解到，猶豫不決、費盡心機有多麼愚蠢。

相反地，如果她無法活著回來——。

到時候，我就要復仇。只是讓警方逮捕兇手無法平息我內心的憤怒，要殺了他嗎？不，這樣無法補償兇手讓我生命中失去元村由梨江的滔天大罪，必須思考比以死償命更殘酷的報復。

當大家的激動情緒漸漸平靜後，終於在稍晚的時間吃了午餐。我和本多擔任廚房值日生。元村由梨江不在，我們沒辦法做出像樣的料理，也沒有意願下廚。和本多商量之後，從食品庫中拿了五碗備用的泡麵，我們的工作只是燒好足夠的開水。

「你認為是哪一種？」

本多雄一看著瓦斯爐上兩個正在燒水的水壺問我。

「什麼哪一種？」

「你認為這一切是現實，還是演戲？」

「現在還不知道，推理的材料太少了。」

「也對。」

「但是，」我說，「如果一切都是演戲，未免策劃得太細緻了。」

「沒錯，」本多雄一走進廚房後，嘴角第一次露出笑容，「當然，那個老師有可能做這種事。」

「你認識東鄉老師很久了嗎？」

「我剛開始演戲時，幾乎照三餐被他罵。」

其中一個水壺的水燒開了，他把水倒進熱水瓶後問我：「你覺得是誰？」他應該是問兇手。

我默默搖頭，本多也默默點頭。

我不由得思考著雨宮京介的事。雖然沒有特別的根據，只是根據目前為止的印象，我覺得他最可疑。他陰鬱的臉看起來的確沒有兇手的感覺，但他們都是專業演員，從外表判斷沒有意義。即使面臨目前的狀況，我仍然想到舞台效果，如果雨宮是兇手，觀眾不會有任何驚喜。

如果不是雨宮，莫非是田所義雄或是中西貴子？

田所義雄愛元村由梨江，從他衝動地想打電話的舉動，應該可以排除他的嫌疑。幸虧我和本多制止他，如果我們不出面制止，他應該就會打電話。兇手不可能主動揭露這不是一場戲。而且，如果這是東鄉陣平所策劃的，打電話這個舉動，就代表演兇手的人違反了東鄉的指示。因此，兩者都不可能。

不，不，這也未必。

雖然他作勢想要打電話，但也許猜到有人會上前制止。即使是田所義雄，這種程度的演技也難不倒他。至於由梨江的事，他也可能假裝愛她做為掩護。

我感到輕微的頭痛，腦筋都快要打結了。

「關於不在場證明的事，」本多雄一把食指放在嘴唇上，「拜託你暫時還不要說，至於公布的時機，就交給我來處理。」

「好啊。」

我回答之後，覺得他很囉嗦。這種事只要交代一次就夠了。

另一個水壺也發出嗶、嗶的叫聲，我關上了瓦斯爐。

雖然午餐很簡陋，但沒有人抱怨。就連第一天晚上要求吃牛排的田所義雄，現在也呆然地等待三分鐘。其實決定吃泡麵還有另一個理由，因為每個人都自己開封，所以不必擔心別人下毒。

所有人都默默看著自己面前的泡麵蓋子。看在旁人眼裡，我們五個人的這種姿勢一定很滑稽。

麵泡好之後，每個人都像例行公事般吃著泡麵。雖然大家都沒什麼食欲，一旦開始吃，手和嘴巴就機械式地動了起來，不到十分鐘就吃完了。沒有人評論好吃或不好吃。看到眼前的情景，覺得如果這一切都是東鄉陣平的策略，恐怕必須對他刮目相看。之前沒有一個人進入推理劇的角色之中，如今，環境逼迫我們完全融入了角色。

我也不例外。

4

——飯廳。

「那我來泡茶喝吧。」

本多雄一排好五個茶杯，把熱水倒進茶壺。

「我不用了。我有點累，不想喝茶。」

泡麵也剩下一大半的田所義雄說完後站了起來，躺在已經成為他固定座位的長椅上。遲鈍的動作顯示出他精神的疲勞度。

其他四個人沉默不語地喝著本多倒的茶，只聽到喝茶的聲音，彼此好像在競爭。

「我可以問一個問題嗎？」

中西貴子似乎終於無法忍受漫長的沉默，抬眼看著其他男人。「如果真的發生了命案，一切都是騙局嗎？東鄉老師召集我們來這裡也是騙局嗎？」

「不得不這麼想吧。」本多回答，「兇手無論如何都要讓我們聚集在這裡，所以假冒老師的名義寄信給我們，叫我們在這個山莊集合。」

「果真如此的話，兇手手上應該沒有東鄉老師的邀請信，」貴子張大了眼睛，「你們手上有那份邀請信吧？大家都拿出來，拿不出來的人就是兇手。」

雖然她說得很興奮，但其他三個男人的反應很遲鈍，露出難以形容的尷尬表情，繼續默默喝茶。

「怎麼了？你們倒是說話啊。」

貴子覺得自己想到了好主意，當然對其他人的反應感到很不滿。

「拿出來也無所謂，但八成是白費工夫。」

本多代表其他人說。

「為什麼？」

「妳想一下就知道了，難道妳覺得兇手沒有準備這種事嗎？那份邀請信是用電腦打字的，所以，只要多印一份給自己就好。」

其他兩個人也點著頭，似乎表示同意。貴子似乎也想不到該怎麼反駁，微微動了動嘴巴，再度像貝殼一樣緊閉起來。

「但是，確認一下也無妨啦。等一下大家都把邀請信拿出來。」

雨宮這麼說並不是認為有此必要，而是顧全貴子的面子。

又是一陣短暫的沉默。本多雄一在茶壺裡加了熱水，中西貴子站了起來，把其他人的杯子放到他面前。

「我想了一下。」

不一會兒，久我和幸開了口，三個人幾乎同時看向他。

「如果不是東鄉老師安排的，而是真正的兇手一手策劃的，不如從頭分析一下這個計畫。假設不是真實的事件，而是東鄉老師的安排，一定會有不自然的地方。」

「你竟然用分析這麼誇張的字眼，」本多話中帶刺地說，「所以，你分析出什麼？」

「目前只知道，如果是真正的兇手一手主導的，絕對經過極其巧妙的計算，到目前為止，簡直無懈可擊。」

久我和幸嘆著氣，緩緩搖著頭。

「別只說這種自說自話的結論，可不可以請你說一下理由？」

雨宮京介露出有點嚴厲的眼神說道。

「我現在就來解釋。首先，兇手是這麼想的，讓通過試鏡的所有人都聚集在這棟山莊，然後殺了自己想要殺的人，所以，兇手最初做了什麼事？」

「就是寄了那封邀請信啊，寄給所有人。」貴子說。

「是啊，但現在回想起來，發現那封信中有三點但書。不得告訴其他人，不接受提問，遲到和缺席者喪失資格。換一個角度想，這代表除了我們以外，完全沒有其他人知道我們來這裡這件事。也就是說，兇手可以不受到任何外力影響，專心達到目的。」

「東鄉老師是秘密主義者，那種程度的但書根本不足為奇，更何況是基於這種特殊目的，所以更沒有什麼好奇怪的。」

雨宮京介特別強調了「特殊目的」幾個字。

「是啊，但請繼續聽我說下去。」久我喝了一口茶潤喉，「兇手假冒東鄉老師的名義寄信給我們，成功地把我們找來這棟山莊，但是，兇手還有幾個問題需要解決。第一，當我們抵達這裡時，要避免我們和東鄉老師，或是其他外人聯絡。第二，雖然東鄉老師不會現身，但讓我們乖乖留在這裡。第三，即使逐一殺人，其他人也不會陷入驚慌。」

「只要稍微想一下，就發現有一堆問題。」本多雄一小聲說道。

「沒錯，但是，兇手想了一個巧妙的方法，一舉解決了所有的問題。就是用限時信送來了那封指示信。現在開始排練，你們是劇中人，無法和外界聯絡，在這種狀態下塑造角色——看起來很像是東鄉老師想出來的指示，其實應該是兇手絞盡腦汁想出來的計謀。首先解決了第一個問題，也就是斷絕了我們和外界的聯絡，當然，也同時解決了第二個問題。然後是第三個問題。兇手殺了笠原溫子之後，把屍體藏在古井中，然後留下了指示信，說笠原小姐在遊戲室遭人殺害。其他人看了那張紙，也不會感到驚訝或驚慌，覺得這場戲終於開演了，誰都沒有對殺人這種狀況感到意外。書架上的那幾本推理小說讓我們對這種狀況有了心理準備。」

「原來那些書也隱藏了兇手的意圖。」

中西貴子嘆著氣說。

「從這個角度思考，就會發現很多事都經過精心的設計。笠原溫子小姐被殺時，大家不是都去確認了出入口嗎？所有地方都貼著『門從內側鎖上，雪地上沒有腳印』的紙，那也可以解釋為讓我們的意識遠離隱藏屍體的古井。」

久我停頓了一下，似乎在觀察眾人的反應。沒有人說話，應該不是因為不贊同，而是相反的情況。

「這麼一來，就會發現本多先生發現花瓶這件事是兇手的失算。如果沒有花瓶的事，我們現在仍然笑嘻嘻的，對這齣推理劇樂在其中。」

「如果這一切不是老師設計的推理遊戲的話，」本多雄一咬著嘴唇，「的確安排得很巧妙。」

「問題就在這裡。」雨宮京介不甘落後地說，「久我說的情況的確很合理，好像真的有兇手在積極行動，但搞不好東鄉老師已經猜到我們會這麼想。」

「的確，」久我也表示同意，「但是，我還要補充一點。」

「補充什麼？」

「正如雨宮先生說的，無論擺在我們面前的事態再嚴重，只要沒有發現屍體，就無法斷定真的發生了命案，可以讓我們認為，一切都是東鄉老師設計的陷阱。但是，換一個角度來看，這也正是兇手設計這個計畫中最出色的地方。只要無法明確這到底是推理遊戲，還是真實發生的事件，我們就不會去問東鄉老師，也不會報警。限時信送來的指示中最後那句話發揮了重大的效果。一旦打電話，或是和外界的人接觸，立刻取消我們通過試鏡的資格。兇手巧妙地利用了我們這些演員的心理。」

「別這麼說，」中西貴子露出生氣的眼神，「不要說得這麼肯定。」

看到她氣勢洶洶的樣子，久我有點不知所措。

「這只是假設真的發生了命案所進行的討論，我的思慮不夠周全，我對此道歉，對不起。」

但是，即使他道歉，也無法推翻他提出的假設，所有人都像牡蠣般緊閉著嘴，可能希望找出其中的破綻。

「很遺憾，」本多雄一終於嘆著氣說，「好像找不到可以反駁你意見的材料，如果硬要說的話，也只能說，老師可能早就猜到你剛才說的那些事。」

「的確。」

「但是，兇手甚至預料到我們會這麼想，所以知道我們最終不會聯絡任何人……」

中西貴子皺起眉頭，用兩個拳頭敲著自己的太陽穴，「不行，我們根本在原地打轉，腦袋也打結了。」

「所以，再怎麼想都沒用。」

雨宮京介心灰意冷地說，然後看著久我和幸，「我認為你剛才說的都很有道理，即使認為是兇手計畫了這一切，也完全沒有任何不自然的地方，但是，你忘記了一個重點。」

「對，」久我回答說，「你也發現了嗎？」

「兇手為什麼要我們聚集在這裡。」

「沒錯，」久我點著頭，「關於這個問題，我無論怎麼想，都始終想不通。」

「那還用問嗎？當然就是為了這件事啊。」

本多一臉了然於心的表情。

「哪件事？」雨宮京介問。

「很清楚啊，」他停頓了一下說，「就是殺人啊。」

「如果是為了這個目的，根本不需要把所有人叫來這裡，只要用某種方法把溫子和由梨江找出來就解決了。」

「可能覺得很難把她們兩個人同時找出來吧。」

「是嗎？她們都是同一個劇團的演員，應該可以找到適當的理由吧。而且，即使不需要同時見面也沒問題。不，分別叫出來殺害反而更加容易。」

「我也有同感，」久我和幸也說，「也就是說，如果是差勁的推理小說，就會因為作者的方便，把所有人都集中在同一個場合，然後再開始殺人，但現實生活中想要殺人，而且不想被警方抓到的話，在封閉的空間內，而且在有限的人數中行兇，對兇手來說，反而更加危險。」

「嗯，」本多發出呻吟，手摸著嘴巴，「也有道理。」

「而且，地點根本不必選在這裡。即使在東京，到處都可以找到人煙稀少的地方。」

久我和幸點頭同意中西貴子的意見。

「這也是其中一個問題，為什麼要把所有人找來？為什麼要聚集在這裡？」

「不，如果要召集所有人，只能選這種地方吧？東京很難找到這種可以包下一整棟的民宿。」本多說。

「也許吧。」

「也可能是相反的情況，」中西貴子眼神渙散地看著斜下方，「對兇手來說，必須在這個地方下手。因為無論如何都想要在這裡殺人，所以只能把所有人找來這裡。」

「如果只找想要殺害的對象來這裡，一定會引起當事人的懷疑，」本多雄一接著說了下去，「如果邀請所有通過試鏡的人來這裡，即使大家覺得集合的地點很奇怪，也不會產生太大的疑問。事實上，我們也真的來這裡集合了。」

「但是，殺人還有拘泥地點的嗎？」

雨宮京介再度提出了異議。

「也許對兇手來說，這裡是充滿回憶的地方。」

中西貴子表達了女人的見解。

「只因為這樣的理由，就這麼大費周章嗎？」

雨宮京介搖著頭，似乎覺得難以置信。

「不光是因為充滿回憶，搞不好是有關殺人的重大意義。」

本多雄一表達了意見。

「話雖如此，」雨宮環視周圍，「大家都說是第一次來這裡，之前也和這裡沒什麼淵源。」

「關於這一點，大家真的沒有想到什麼嗎？未必和各位有直接的關係，可能和劇團有關，可不可以請你們好好想一下？」

聽到久我和幸提出這個要求，其他三個人一臉嚴肅地開始思考，每個人都在記憶中拚命翻找。

「不行，想不出來。」

本多雄一第一個放棄，其他兩個人也搖著頭。

「不要老是叫我們說，你也一起想想看啊，」本多雄一對久我和幸說，「當然，如果你是兇手，覺得沒必要思考就另當別論了。」

「我也努力想了一下，但也想不出所以然。況且，我是第一次來乘鞍。」

「所以，把大家召集來這裡，只是對兇手有意義嗎？」

中西貴子偏著頭，其他人也都陷入了沉思。

「無法解開這個疑問，」雨宮京介雙手捧著茶杯，低頭看著杯中說，「這是不是可以代表命案並非現實？為了殺害溫子和由梨江而特地製造這種狀況的想法太瘋狂了，我不相信我們之中有這種人。」

「我也很希望是這樣啊，」從本多雄一的語氣中，可以感受到他在揶揄雨宮的樂觀態度，「但是，我總覺得其中有什麼蹊蹺。」

「你想太多了，別擔心，全都是遊戲，是老師安排的推理劇。」

「如果我們掉以輕心，讓兇手有可乘之機怎麼辦？」

中西貴子臉色蒼白地說。

「相信我，大家都是朋友啊，怎麼可能殺人呢？」

雖然雨宮京介說話的語氣充滿信心，但顯然只是表達了他強烈的願望，其他人也無法輕易表示同意。

「這個問題也不是沒辦法說明。」

這時，背後突然響起一個聲音。田所義雄可能聽到了其他人的討論，倏地從長椅上坐了起來，面對飯廳內的四個人。他剛才把手當成枕頭墊在長椅上，額頭上有紅紅的手背痕跡。

「什麼說明？」

貴子轉身看著他問。

「你們剛才不是在討論嗎？兇手為什麼把所有人都找來這裡。」

「你可以說明？」本多問。

「可以啊，很簡單，雨宮剛才不是說了嗎？」

所有人的視線都集中在雨宮身上。雨宮似乎也在回想自己剛才說了什麼。

大家都沉默不語，田所露出冷笑說：

「這麼快就忘了嗎？雨宮剛才不是說，兇手不可能只為了殺溫子和由梨江而特地製造這種情況。」

雨宮京介身體微微向後仰，久我和幸點了點頭。

田所一臉得意地繼續說：

「很簡單，兇手並非只是為了殺溫子和由梨江而這麼大費周章。兇手把我們所有人都找來，是為了把我們統統殺掉。除此以外，還有其他可能嗎？」

中西貴子用力倒吸了一口氣，發出「噓」的聲音，其他三個男人在田所說到一半時，就猜到了他的意思，所以並沒有太驚訝。

一陣惱人的沉默。不一會兒，久我和幸似乎想要發言，但本多雄一先開了口。

「即使想要殺所有人，這種方法真的對兇手有利嗎？應該有更好的方法吧？」

「我覺得不應該只從有利或是不利來判斷，對兇手來說，可能是窮途之計。」

「什麼意思？」

「比方說，有時間限制。如果兇手沒有充裕的時間，就無法把每個人叫出去殺掉，只能把所有人都找來，一次解決。」

「這……」

中西貴子露出害怕的表情，但是，說出這番可怕想法的田所義雄，臉上的表情也並不開朗。

「不，我猜想兇手並不打算殺所有的人。」

久我和幸發表了意見。

「為什麼？」

雨宮京介問。田所可能作夢也沒有預料會遭到反駁，露出生氣的表情。

「雖然我無法斷言，但我猜想，兇手應該只打算再殺一個人。」

「再殺一個人？」雨宮露出訝異的表情，「為什麼？」

「我們在這裡的期間，還有一個晚上，就是今天晚上。第一天晚上，笠原溫子小姐遭到殺害，昨晚是元村由梨江小姐遇害。兇手都是在晚上行動，應該是因為不能被人看到處理屍體的關係。我們要在這裡住三天，所以，兇手的目標應該也只有三個人。」

啊！幾乎所有人都忍不住發出驚叫聲。這是明明近在眼前，之前卻沒有看到的東西突然進入視野時的反應。

「所以，今天晚上也會有人被殺嗎？」

中西貴子用力向後仰。

「這個機率相當高。」

「也有可能是多準備一天，」本多雄一說，「因為第一天和第二天的殺人計畫未必能夠順利完成。」

「的確有這個可能，」久我和幸點點頭，「但是，如果是這樣，兇手目前已經達到了目的，或許會發出提前結束的指示。」

「或許原本打算發出這樣的指示，但現在消除了這種可能性。因為被你說出來之後，兇手就不可能再這麼做了。」

「嗯，有可能。」

久我和幸巡視了其他人，似乎意識到兇手就在其中。

「所以說，」雨宮京介說，「即使會有新的被害人，也只是今晚會再殺一個，並不會殺死所有人。」

「沒錯。」久我回答說。

「不知道該不該為兇手接下來只會殺一個人感到高興。」

中西貴子的聲音微微發抖。

「而且，」久我說，「從時間上來看，兇手也沒有時間殺害所有人。因為我們明天就要離開這裡。」

「還有二十四小時，每六個小時就要殺一個人，」本多說出了毫無意義的計算，「搞不好有點難，除非在食物中下毒，一口氣殺死所有人。」

「你別危言聳聽，這樣的話，我們什麼都不敢吃了。」

中西貴子按著喉嚨。

「如果兇手使用的是這一招，恐怕早就做了。之前有很多次機會。而且，也可以同時用這種方法殺死笠原溫子和元村由梨江。」

「對啊，貴子，所以不必在意食物的問題。」

「因此，我認為兇手不至於想殺了所有人，你有反對意見嗎？」

久我和幸問田所義雄。田所默然不語地搖搖頭，移開了視線。也許他聽到久我駁斥了兇手要殺所有人的論點，內心感到鬆了一口氣。

「剛才的疑問仍然沒有解決。」雨宮京介巡視著所有人，「如果兇手的目標是三個人，在東京下手應該更方便，仍然無法解釋為什麼要把我們大家都找來這裡的理由。」

「是不是可以把這個視為對我們有利的點？」

聽到中西貴子的問話，所有人都看向久我。因為其他人都認為他最能夠冷靜地分析目前的情況。

「每個人必須各自做出判斷。我們認為很不合理的事，也許對兇手來說，具有重大的意義。對了，說到不合理，我還有另一個疑問。」

「什麼疑問？」雨宮問。

「在四天三夜的時限到了之後，兇手打算怎麼辦？我們一離開這個山莊，就會打電話和東鄉老師聯絡，馬上就知道到底是不是遊戲。即使因為某種原因，無法聯絡到老師，回東京之後，如果笠原小姐和元村小姐沒有出現，我們當然就會緊張，也可能去報警，到時候就會檢查那口水井。如果找到屍體，我們所有人都會變成嫌犯，成為警方偵查的對象。兇手難道沒有考慮到這個問題嗎？兇手不可能自以為高招，認為警方查不出兇手。難道想要逃走嗎？既然已經被知道長相和名字，兇手到底能逃去哪裡？」

久我說著說著，不由自主地發揮了在舞台上表演的習慣，說到後半段時，聲音中帶著抑揚頓挫。他似乎也察覺了這件事，故意輕咳了一下。

「原來如此，有道理，為什麼之前都沒有想到這個問題？」雨宮京介偏著頭說，「也就是所謂的事後處理。既然兇手研擬了殺人計畫，絕對應該想到這些事。」

「我不想再重提剛才已經遭到否定的意見，」田所義雄裝模作樣地說，「如果兇手打算殺掉所有人，不是可以簡單地解釋這個問題嗎？」

「喂，老弟，」本多發出不耐煩的聲音，「你一直說殺掉所有人，殺掉所有人，你這麼想被殺嗎？」

「我只是表達客觀的意見，排除樂觀的預測。」

「你只是像鸚鵡一樣重複相同的話，哪是什麼客觀意見。」

「不，本多先生，如果兇手想要殺了所有人，的確可以解釋這個問題。」

久我說完，看向田所義雄的方向，對他點了點頭，示意他繼續說下去。田所似乎不太滿意他的這個動作，露出不悅的表情後，才繼續說：

「沒有其他人知道我們來這裡的事，所以，即使所有人都消失，東京的人也完全不知情。即使想要找我們，也不知道該去哪裡找。」

「然後，兇手就逃亡嗎？」本多雄一問。

「兇手只能這麼做，因為通過試鏡的人全都消失，只剩下兇手一個人的話，當然會遭到懷疑。但是，只要事先做好準備，就可以悄悄地在其他地方展開另一個人生。不久之前，我看到報紙上有一個人假冒其他人的身分幾十年。因為他死了，和他同居的女人去註銷戶籍，才發現他的名字和戶籍都是杜撰的。」

「所以，隱姓埋名過一生。」

中西貴子說出了好像演歌歌詞的話。

「但是，還是沒有完全解決問題，」久我和幸說，「一旦我們所有人下落不明，媒體當然會報導，搞不好還會公布照片，兇手仍然能夠繼續躲藏，像中西小姐說的那樣，隱姓埋名過一生嗎？而且，這棟民宿有老闆啊。」

「啊！」雨宮京介發出叫聲，「沒錯，好像叫小田先生，他看到了我們所有人的臉，手上也有所有人的名單，看到電視或報紙後，一定會馬上報警。於是，警方就會展開搜索，發現屍體。到時候就會發現少一個人，當然會認為那個人是兇手，發布通緝令。」

「的確會有這樣的發展，但兇手沒有深入想到這些問題嗎？」

「不可能沒有想到。」

「更何況兇手的計畫這麼巧妙，不可能沒想到。」

中西貴子和本多雄一聲音中漸漸帶著活力，也許是因為眼前的討論漸漸向並非真實事件的方向發展的關係，就連自己的意見遭到否定的田所義雄也沒有露出太意外的表情。

「這個討論很有意義。」

不知道是否對討論的結果感到滿意，雨宮京介終於展開愁眉，「如果假設眼前的事態不是遊戲，而是現實，就會出現這麼重大的矛盾，可見這樣的假設無法成立。」

前一刻還低迷的氣氛漸漸好轉，大家都露出鬆了一口氣的表情，覺得自己周圍不可能發生殺人這種離經叛道的事。

這時，中西貴子小聲地說：

「兇手該不會打算和大家同歸於盡吧？」

「什麼？」

久我和幸情不自禁地發出驚叫聲，其他人也都看著她。貴子在眾人的注視下說：

「如果兇手打算殺完所有人之後自殺怎麼辦？這麼一來，就不必思考之後的問題了。」

貴子看著久我問道。久我可能一下子想不出答案，也忍不住移開了目光。

「而且，如果兇手打算一死了之，」她舔了舔嘴唇說道，「比起擁擠的東京，搞不好會選擇這種環境優美的地方。如果對這個地方充滿回憶，就更加……」

中西貴子閉上嘴之後，沒有人再說話。

〈久我和幸的獨白〉

中西貴子全盤推翻了大家之前的討論，所以，真不能小看女人的直覺。即使是那麼粗枝大葉的女生，偶爾也會有震撼性的言論，而且是超重量級的見解。

所有人在凝重的氣氛中度過了午餐後的幾個小時，所有人原本稍微振作了起來，但貴子的一句話，又讓大家陷入了消沉。兇手也許想要同歸於盡——眼前的情況完全存在這種可能性。更令人生氣的是，貴子竟然並沒有察覺到自己意見的重要性。據她說，以為當她說出口，就會立刻被我或雨宮駁斥，得知兇手自殺論讓別人沒有反駁的餘地，她比任何人更加沮喪。

老實說，我並沒有受到太大的打擊。我雖然沒有想到兇手可能會自殺，的確太疏忽，但並不是因為生性樂觀，認為殺人這種事不可能真實發生，反而覺得有些無法解釋的問題更令人感到害怕，更覺得雨宮京介提出的想法只是逃避現實。

回想起他說「大家都是朋友」時的眼神，不禁覺得他並非只是逃避現實而已。人在面臨困境時，都會爭先恐後地說一些負面的言論，卻很希望有人能夠否定這些言論，像田所義雄就是最典型的例子。雨宮或許是在瞭解這些情況的基礎上，主動扮演否定這些負面言論的角色。

但這並不代表雨宮京介是清白的。以他的演技，扮演那種角色並不是困難的事。

由於午餐後的討論沒有結果，五個人都沒有回去自己的房間，但也無法靜靜地坐在交誼廳，稍微坐了沒幾分鐘，就心浮氣躁地起身走來走去。因為中西貴子說了那句話，大家都告訴自己，絕對不能再說一些莫名其妙的話，交誼廳內籠罩著令人窒息的沉默。

我坐在地板上，假裝在看推理小說，在腦袋裡整理著至今為止所發現的情況。

首先是笠原溫子的死，耳機線的問題還沒有解決。在有隔音牆的遊戲室中，照理說不需要戴耳機，但發現屍體時，耳機線插在插座內。之後再去確認時，已經被拔掉了，只是無論怎麼想，都不覺得那是我的錯覺。

其次是元村由梨江的死。雖然她的死本身沒有疑點，但那天晚上，房間的檯燈不亮了。之後我又再度檢查了檯燈，發現並沒有壞。這麼一來，就只有一個可能。當時停電了。

問題是到底是人為造成停電，還是偶然發生的。

假設是人為造成的。到底是誰幹的？當然是兇手。為什麼？應該是為了殺元村由梨江，或是假裝殺她，所以有必要這麼做。為什麼有此必要？既然要殺了她，即使被她看到長相也無妨。那麼，只是剛好停電？不，我不這麼認為。

除此以外，還有其他無法解釋的問題嗎？我重新整理記憶，發現似乎並沒有。應該說，一切都太不透明，甚至無法知道哪些部分有問題。

我正在想這些事，在一旁看書的田所義雄找我說話。

「久我，你為什麼會來報名參加我們劇團的試鏡？」

他的問題太唐突，我一時答不上來。

「當然是因為想要參與東鄉老師的舞台劇啊。」

我無法說是為了接近元村由梨江，更何況是在他面前。

田所不以為然地動了動下巴，似乎有話要說。

「我參加試鏡有什麼問題嗎？」

「不，不至於是問題啦，」田所停頓了一下，看著我的臉，似乎在觀察我的反應，「只是突然想到，只有你一個人不是我們劇團的。」

「田所，」在飯廳喝啤酒的本多雄一用低沉的聲音說：「你別胡說八道。」

「你覺得我可疑嗎？」我故意語氣開朗地問。

「我沒說你可疑，只是我們其他人彼此都很瞭解，卻不瞭解你的情況，想要搞清楚這一點。」

「站在我的角度，」我說，「我對你們都不太瞭解。」

「真的嗎？」

「什麼意思？」

「你不是很在意麻倉雅美的事嗎？」
「麻倉……喔，你是說她，怎麼了嗎？」
「你是不是和她有什麼關係？」
聽到田所義雄的問題，我的身體忍不住向後仰。
「我之所以在意她，是因為她的演技很出色，覺得她沒通過試鏡很不可思議。」
「對嘛，對嘛，我就是說這件事，」田所居然用手指著我，「這句話聽你說了很多次，你覺得她沒有通過試鏡很奇怪，這根本是說出了她的心聲。」
由於太莫名其妙，我忍不住失笑了。
「我完全不認識她。」
「我在懷疑你這句話的真實性。」
「喂，田所，」不知道什麼時候去了二樓的中西貴子在樓梯上問，「你到底想說什麼？」
「如果真的發生了命案，就應該有動機。我想了一下，兇手到底有什麼理由要把我們找來這裡，一個一個殺掉我們的朋友，沒想到一下子就找到了答案。是試鏡。這是痛恨我們這些通過試鏡的人幹的。」
「你腦筋是不是有問題啊？久我為什麼要為這件事恨我們？」
「不，沒關係，我知道田所先生想說什麼。」

我對中西貴子伸出手，制止了她，迎向田所義雄的目光。「我想，你要說的是，我和麻倉小姐之間有某種關係，而且是相當深入的關係。麻倉小姐因為在試鏡中遭到淘汰而企圖自殺，最後導致半身不遂的不幸結果。我對試鏡的結果心生不滿，為了復仇，計畫殺了你們所有人——是不是這樣？」

「並不會因為你自己說出口，就減輕了嫌疑。」

「我知道，但如果是這個動機，我接下來要把你們全殺了嗎？」

「不，」田所搖了搖頭，「你剛才也說了，沒有足夠的時間。根據我的猜測，你殺了溫子和由梨江，復仇就結束了。」

「為什麼？」

「因為要說恨的話，麻倉雅美最痛恨她們兩個人。她一定覺得自己在演技上絕對不輸她們，卻因為她們的不正當手段把她擠了下來。」

「不正當手段？」

「溫子是老師的情人，由梨江家有財力。」

「原來是這樣。」我脫口回答，原來還可以從這個角度觀察。

「怎麼樣？你終於打算說實話了嗎？」

「不是我。」我委婉地否認，搖了搖頭，「但我認為你的觀點很棒，這個懷疑也可以套用在其他人身上。」

「不可能，我一開始就說了，我瞭解其他人，我們這幾個人中間，沒有人和她有這麼深的交情，願意為她復仇，所以只剩下你一個人。」

「喔……」

原來是這樣的邏輯推理。原本以為他只會歇斯底里地亂叫，沒想到他的推理這麼有邏輯。幸好其他三個人並不怎麼理會他的質疑，但他用這個問題來質問我，的確讓我有點手足無措。

「你沒話可說了嗎？」

田所義雄目露兇光。我暗自思考著，如何解釋，才能最有效地消除他的妄想。最好的方法就是說出我的不在場證明，但我之前已經答應本多，不輕易提這件事。

「啊，我知道了。」

中西貴子突然發出驚叫聲，我嚇得抬頭看著她。

「怎麼了？」

「我想起來了，雅美滑雪受重傷之前，溫子和由梨江曾經去過她家。」

「她家？飛驒高山的家嗎？」本多雄一問。

「對，我想她們是為了她沒有入選的事去安慰她，之後雅美就出事了。」

「溫子她們兩個人去的嗎？」
「不知道，我記得她們好像說要開車去。」
「開車？」
本多雄一張大眼睛，「她們兩個人都沒有駕照啊。」
「所以，可能有人陪她們一起去。」
「是不是你？」
田所義雄再度瞪著我。他似乎什麼事都想推到我頭上。
「不是，順便澄清一下，我也不是兇手。」
「你有辦法證明嗎？」
「證明喔……」
我正在猶豫要不要說出不在場證明，看到雨宮京介站了起來。
「等一下，」他開口說，所有人的視線都集中在他身上，「帶溫子和由梨江去雅美家的……是我。」

5

——交誼廳。下午五點。

「但是，」雨宮京介說，「那件事和我們目前面臨的狀況應該沒有任何關係，應該說，根本沒辦法扯上關係。」

「不過，還是請你說一下當時的情況。」

提出這個要求的是遭到田所義雄的懷疑，不知道如何為自己辯解的久我和幸，「我認為田所先生的推理很不錯，如果真的有兇手存在，把我們邀集到這裡的意圖應該和試鏡有關，麻倉雅美小姐可能對笠原小姐或是元村小姐恨之入骨，恨不得殺了她們。當然，我對麻倉雅美小姐一無所知，這完全只是我的想像而已。」

「她很會鑽牛角尖。」中西貴子站在樓梯上說。

「而且，我之前就想到另一件事，」久我補充說，「飛驒高山離這裡不遠，開車只要一個小時左右，這純屬巧合嗎？」

「什麼？那麼近？」

「對，辦公室的牆上貼了地圖，你們可以自己去看。」

「的確不遠，」本多雄一抱著雙臂，看著雨宮京介，「這麼看來，似乎不能排除這件事和麻倉雅美有關。」

「無聊，」雨宮不以為然地說，「你們沒問題吧？真是想太多了。」

「但我也不認為只是巧合，」田所義雄也說，「去見她的三個人中，有兩個人已經遇害了——不能忽略這個事實。」

「雨宮，你說話啊。」本多也催促道。

「既然你們這麼說，那我就告訴你們當時的情況。」

雨宮京介在眾人的注目下，緩緩走到中央，「就像你們說的，雅美因為試鏡的事很受打擊，可能她沒想到自己會落選。她失望地回了老家，但她並不是回去散心，而是決定放棄演戲。溫子和由梨江得知後，決定去飛驒高山，勸她改變心意，她們覺得只有她們兩個人，可能無法成功地說服她，就邀我同行。我猜想真正的目的是想找我開車。於是，借了由梨江哥哥的四輪驅動車，因為那輛車走山路也很輕鬆。」

「那是什麼時候的事？」久我和幸問。

「上個月十日。」

「那是試鏡後不久，而且，」本多雄一低聲繼續說道，「也就是雅美自殺未遂的那一天。」

雨宮京介皺起眉頭，點了點頭。

「但是，我認為這只是巧合。」

「沒關係，所以，你們有見到雅美嗎？」本多問。

「沒有馬上見到她，雖然伯母很歡迎我們，但雅美躲在自己房間不出來。我們坐在客廳時，也聽到她和伯母爭執的聲音，我們等了很久，最後她終於下了樓，劈頭就問，你們來幹什麼？」

「她有沒有聽從你們的說服？應該不可能吧。」

聽到本多雄一的問題，雨宮無力地搖了搖頭。

「因為一次試鏡落選就放棄演戲太不值得了，既然努力了多年，就讓這份努力開花結果，我們也會協助妳——我們從各個角度，用了各種方法說服她，但她仍然沒有改變心意。我們越是努力說服，她的態度越強硬，最後，我們只好放棄，決定回家了。臨走之前，還特地對她說，只要她改變心意，歡迎她隨時回來劇團。」

「然後呢？」久我和幸問。

雨宮京介輕輕攤開雙手。

「沒有然後不然後，這就是全部。那天之後，我就沒見過她，也沒有通過電話。得知她因為滑雪受了重傷時，我打算去醫院探視她，但接到了伯母的電話，請我們不要去看她。因為聽說她聽到劇團團員幾個字，就會異常激動，不利於她傷勢的恢復。」

「原來如此，這樣我就瞭解了，」田所義雄說：「麻倉雅美為什麼會自殺。她在試鏡中落選，原本就已經夠難過了，兩個通過試鏡的競爭對手還上門去安慰她，而且偏偏是她認為以不正當手段通過試鏡的兩個人。只要稍微想一下，就知道對她來說，這是多麼大的屈辱，會讓她感受到更大的絕望，最後才會在衝動之下自殺。差不多就是這樣吧。」

「我們在對雅美說話時，很注意語氣和態度，極力避免聽起來有同情的味道，我們當然會注意到這些問題。」

「即使你們再怎麼小心，」本多雄一說，「雅美仍然可能會受到傷害。」

「言者無心，聽者有意的情況並不少見。」

中西貴子也深有感慨地說。

「等一下，你們這是怪我們害她自殺嗎？」

「也許你們根本就不應該去看她，」田所義雄說：「至少不應該在試鏡後去看她。我不認為由梨江會做這種不動大腦的事，我猜想是溫子硬拉她一起去。」

「你的意思是，不必理會雅美嗎？」雨宮京介瞪著田所，「一起演戲的朋友打算放棄演戲，我們該袖手旁觀嗎？」

「我是說，無論做任何事，都要注意時機。」

田所回瞪著他。

「好了，先等一下，」本多插嘴說，「我想知道雅美當時的情況。」

「雅美的情況？」

雨宮訝異地瞇起眼睛。
「就是她在你們離開時的情況，比方說，很受打擊，或是很生氣之類的。」
「心情不太好，但我覺得並沒有因為和我們見了面而心情沮喪，或是激發了她的憤怒之類的事。」
「可能只是你沒有察覺吧。」
聽到田所義雄這麼說，雨宮咬著嘴唇。
「至少她當時不像是想要自殺的樣子，我還不至於那麼遲鈍。」
「問題是你們離開後，她就自殺了，這可是不容爭辯的事實。」
「所以啊，」雨宮神情黯然地看向本多，「我認為只是巧合，或是她已經決心要自殺，剛好我們去看她，也許導致她更加激動，決定付諸行動，但我們該為這件事負責嗎？」
沒有人能夠斷言這個問題，所有人都暫時閉了嘴。
「麻倉雅美小姐的母親怎麼描述她當天的情況？」
久我和幸看著雨宮和田所問，雨宮回答說：
「說她和平時沒什麼不同，她突然拿了滑雪的用具出門，也以為是和當地的朋友約好了，伯母只覺得她去滑雪可以散散心，沒想到不一會兒，接到了醫院打來的電話，說雅美在禁滑區滑雪，從懸崖上墜落了，滑雪場的巡邏員發現了她。」

「所以，她自己並不認為是自殺。」

「因為沒有見面聊，所以不太瞭解詳情，但沒有聽說她承認是自殺。」

「當然是自殺啊，」田所義雄說：「從當時的狀況來看，明顯是自殺。」

「所以，雨宮先生他們的造訪果然成為她自殺的契機嗎？」久我和幸說。

「是我們的錯嗎？」

「我可沒這麼說。」

「如果你們不去，或許她不會自殺。」

田所義雄緊咬不放。

「但是，我認為不應該只懷疑雨宮他們，」本多雄一看著天花板說道，「因為雅美的母親說了一件很奇怪的事。」

「雅美的母親？本多，你去了她家嗎？」中西貴子問。

「她受傷後不久，她母親來劇團，當時我剛好也在，所以稍微聊了幾句。聽她母親說，雅美離家之前，接到一通電話。」

「電話？誰打給她的？」田所義雄問。

「不知道。雅美接了電話，在電話中短短聊了幾句。掛上電話後，她突然說要去滑雪。所以，她母親以為是以前的老同學邀她一起去滑雪，但事實似乎並不是這麼一回事。在她出事之後，她的老同學幾乎都去探視過她，沒有人約她去滑雪，也沒有人打電話給她。」

「這件事的確令人在意。」

「對啊，感覺和她的自殺有某種關係，所以，她母親也很在意。」

「到底是誰打電話給她呢，不知道電話裡說了什麼。」

中西貴子用手摸著雙頰，搖晃著身體，「到底怎樣的電話可以逼人自殺。」

「雨宮，你知道嗎？」

田所義雄斜眼看著雨宮，雨宮京介慌忙搖頭。

「完全不知道，也不知道電話……她接電話時，我們應該在回東京的路上。」

「沿途隨便都可以找到地方打電話。」

本多雄一說，雨宮咬著下唇，沒有說話。

「雖然不知道麻倉雅美自殺的直接原因，」田所義雄說，「但應該和這裡發生的事不無關係。她因為自殺未遂，導致下半身癱瘓的不幸結果。所以，她很可能想要殺了造成她自殺的人，除了她以外，沒有人有任何動機要殺溫子和由梨江。」

說到這裡，他又看著久我和幸繼續說：「不，應該說，除了她和她的共犯以外。」

「你還在懷疑我嗎？」

久我和幸舉起雙手，做出投降的動作。

「這只是牽強附會，」雨宮京介憤然地說，「溫子和由梨江遭到殺害，不，她們被選去演被殺的角色並沒有特別的意義，只是剛好而已。全都是演戲，是遊戲。這裡離飛驒高山很近也是很常見的巧合。你們想一想，日本有這種獨棟民宿的地方很有限啊。」

雖然他極力說明，但歇斯底里的語氣不僅無法讓大家安心，反而讓氣氛更加緊張。田所義雄將原本注視著久我和幸的雙眼移向其他三個人，然後面對其他人，充滿警戒地步步後退，在長椅上坐了下來。

「恕我直言，」他說：「我沒有抱太大的希望，我認為目前所面臨的狀況是現實，不是演戲，也不是遊戲，你們之中有人是兇手。」

中西貴子聽了他的話，也開始後退，害怕的眼神忙碌地看向其他四個男人。

「兇手想要為麻倉雅美報仇。」

田所義雄重複著剛才對久我和幸說的話，「所以，兇手和她有密切的關係，八成是她的男朋友。也就是說，兇手是男人。根據我的推理，久我，你最可疑，其次是本多，再來是雨宮，但我想應該不是雨宮。因為他喜歡由梨江。還有另一件重要的事，也許下一個遇害的就是雨宮。」

「為什麼？」中西貴子瞪大了眼睛。

「如果雨宮他們去見麻倉雅美是造成她自殺的原因，在溫子和由梨江之後，當然就輪到雨宮了。」

「無聊！」雨宮京介把頭轉到一旁，「我才不相信。」

「你是不願意相信吧？希望你明天早上還可以說得這麼大聲。」

「姑且不論推理是否正確，」久我和幸插嘴，「懷疑我和本多先生太愚蠢了，因為……」

「啊，等一下。」

本多雄一打斷了久我和幸的話，「真有意思，但是老弟，你打算怎樣查明真相呢？如果只是亂猜，那我也會啊。」

「即使不調查清楚也沒關係，」田所義雄回答，「我認為這不是遊戲，而是真實的事件，對我來說，最重要的就是怎麼撐過時限。比起完全不知道誰是兇手，在某種程度上鎖定兇手比較容易對付。」

「原來是這樣，所以，雖然你剛才對雨宮說那些話，但還是很害怕下一個可能是自己。」

或許被本多猜中了想法，田所義雄懊惱地噘起嘴。

「事情就是這樣，他剛才那些話只是說了讓自己安心，」本多對久我和幸說，「不必在意，我們也可以把他視為兇手。」

「我和麻倉雅美沒有任何關係。」

「這種事，只有當事人才知道。」

本多一口氣喝完已經變得溫熱的啤酒。

總覺得哪裡不太對勁，難道是我想太多了嗎？雖然我無法否定，因為當時的氣氛，自己變得有點神經過敏。

田所義雄提到麻倉雅美的事，導致事態發生了些微的變化。雖然在一番討論後，再度陷入膠著狀態，但每個人腦袋裡想的事應該和之前不同了。

雨宮提到和笠原溫子、元村由梨江一起去找麻倉雅美的事太令人好奇，也許正像田所說的，那件事成為這次連續殺人案的殺人動機。

但是，這麼一來，雨宮就不可能是兇手。本多雄一則有不在場證明，這件事我比別人都更清楚，於是，兇手就是田所義雄或中西貴子，但是，兩個人都不太可能，其中可能有什麼盲點。

〔久我和幸的獨白〕

我去盥洗室回交誼廳途中，向辦公室張望，發現貴子茫然地看著窗外的風景。我走了進去。

「妳在看什麼？」

「啊？沒看什麼，只是突然很眷戀窗外的世界。」

「交誼廳也有窗戶啊。」

「那裡不行，會感到窒息。」

的確是這樣。我點了點頭。

「真希望明天早點來，」她說，「然後發現一切都是東鄉老師的惡作劇。」

「是啊。」

貴子注視著窗外的暮色，我觀察著她的側臉。她的臉有點長，曬得很黑，但有點雙下巴，所以臉部線條不夠俐落。她的眼睛和由梨江相反，圓圓的眼睛，眼角有點下垂。這種長相的人很難和殺人兇手的感覺連在一起。

「中西小姐，」我說，「妳覺得誰比較可疑？」

她轉頭看著我，微微收起下巴，抬眼看著我。

「每個人都可疑，但是，我相信大家，我希望這一切都是惡夢。」

「原來是這樣。」

「而且，」她說，「如果認為某個人是兇手，最後發現並不是那個人，就會很難過。」

「是啊。」

「所以，我選擇等待這一切結束。」

中西貴子起身走了出去，在門口時轉過頭，「久我，你不是兇手吧？」

「不是。」

我向她斷言，她對我嫣然一笑，「真開心。」然後走了出去。

我也跟著她走出辦公室，這時，腦筋突然一片空白。

貴子的話在腦海中迴響。如果認為某個人是兇手，最後發現並不是那個人——。

我有一種豁然開朗的感覺，同時浮現出一個想法。

我回到交誼廳，其他人仍然心神不寧，有的看書，有的呆然地躺著。我坐在飯廳角落的桌子上，繼續推敲剛才的想法。

時間一分一秒地過去。

我感覺到周圍有動靜，抬頭一看，雨宮、田所和中西貴子三個人紛紛走向廚房。已經是吃晚餐的時間了嗎？我有點驚訝地看向時鐘。我們來這裡之後，到底做了什麼？驚訝、不知所措，和吃飯，似乎一直在重複這幾件事。

「你在幹什麼？想事情想了這麼久。」

正在交誼廳的本多雄一問我。

「隨便亂想，我試著推理這起事件，但還是想不出頭緒。」

我走去交誼廳，在本多身旁坐了下來。我的確還沒有理出頭緒。雖然剛才似乎有了靈感，但想了很久，仍然沒有進展。

「不必著急，」本多說，「反正到了明天，一切就真相大白了。」

真的是這樣嗎？我忍不住想。搞不好到了明天，仍然什麼都不知道。

「我有一件事想問你。」

「什麼事？」

「那件事還要保密嗎？」

我指的是不在場證明的事。本多雄一立刻心領神會。

「好，關於那件事，」他用大拇指指向樓上後站了起來，「去我房間說。」

「好啊。」

走進他房間後，我們分別坐在兩張床上。

「你是問不在場證明的事吧？」他笑嘻嘻地問，「因為田所說了那些莫名其妙的話。」

「這也是原因之一，我覺得差不多可以公布了。」

「我懂你的意思，但是，你想一下，如果告訴他們，我們兩個人有不在場證明，搞不好會很麻煩。」

「他們一定會大吃一驚，但我覺得並沒有關係。」

我認為一旦公布，將有利於揭開真相。

「如果只是這樣，當然沒問題。」

本多雄一露出嚴肅的眼神，「現在還有五個人，扣除我們兩個人，還剩下三個人。」

沒錯。我點了點頭。

「你剛才說，兇手還可能殺一個人。」

「對。」

「如果第二個被害人也在這三個人中間，那就只剩下兩個人。所以，那兩個當事人就會知道誰是兇手。」

「沒錯。」

「但是，兇手一定會阻止這種情況發生，會避免自己曝光。」

「兇手就這樣走向絕路……也就是像中西小姐說的那樣，兇手打算一死了之的話也無所謂啊。」

「那只是打比方，搞不好兇手也想活著逃走啊。」本多雄一壓低嗓門說，「所以，兇手就會在別人還不知道誰是兇手的情況下離開這裡。」

「所以呢？」

「如果我們公布了不在場證明，可能會讓兇手狗急跳牆。」

「比方說？」

「殺了所有人。」

本多雄一說完，做了一個抹嘴的動作。

「原來如此，」我想了一下後回答，「的確有這個可能。」

「對吧？」

「的確，如果現在公布，弊害可能大於好處。我知道了，那就繼續保密。」

「這樣比較好，不要理會田所那傢伙說的那些話就好，他只是胡亂想像而已，搞不好他就是兇手。」

本多雄一說完後站了起來。

「有可能。」我也走向門口。

「走出這個房間後，不要提這件事，隔牆有耳。」

本多露出調皮的表情。

6

——飯廳。晚上七點。

「今天的晚餐真豐盛啊。」

本多雄一坐在餐桌旁，看著桌上說道。

「奶油燉牛肉是速食包，油醋沙拉是罐頭，其他幾乎都是冷凍食品。」

中西貴子把料理放上餐桌時冷冷地說。

「簡直就是防災食品的嘉年華會啊。」

「因為現在是災難時期啊。」

「而且，」田所義雄補充說，「這些食物比較沒有機會下毒。」

「啊喲，」中西貴子握著拳頭站在那裡，「不要再說這些莫名其妙的話了。」

「也對，輪到我當值日生的時候可以放心。」

田所意有所指地說完，坐在椅子上。

「不必在意他，」本多對久我和幸說，「因為由梨江不在，所以他有些心浮氣躁。」

雨宮京介也從廚房走了出來。

「冰箱裡的食物大致都清乾淨了，只剩下牛奶還沒有喝完，咖啡也沒了。」

「是嗎？那明天的早餐就決定吃吐司加牛奶了。」

本多雄一半開玩笑地宣布。

大家開始吃晚餐。

起初沒有人說話。不是沒有話題，而是每個人都在等別人先開口。大家似乎都不願意成為第一個開口的人，最沉不住氣的中西貴子果然最先說話。

「我問你們，雅美有沒有男朋友？」

其他人似乎都很驚訝，最先恢復鎮定的田所義雄回答說：

「我猜她有男朋友啊，而且近在眼前。」

他瞥了一眼久我和幸，久我無視他的舉動。

「我完全不知道，」雨宮京介說，「她不是所有的心思都放在表演上嗎？感覺她根本無心談戀愛。」

「的確，她比任何人更好學，對表演也很有研究。」

「聽說她原本要去倫敦留學。」

聽到久我和幸的話，其他幾個人倒吸了一口氣。

「對喔，我完全忘了這件事，」田所義雄看著雨宮，「因為她受傷的關係，你才能去留學。如果她知道這件事，搞不好會更恨你。」

「那時候她已經決定要放棄表演了，無論誰去留學，她都無所謂吧。」

「人心之所以複雜，就是因為無法輕易放下。」

「無聊。」

雨宮把奶油燉牛肉送進嘴裡時，不以為然地說。

氣氛頓時變得很尷尬，大家都不再說話。

「我吃飽了。」久我和幸很快地站了起來。

「我想起一件事，」中西貴子窺視著其他人的表情說：「去年聖誕節的時候，我看到雅美在更衣室打開一個禮物盒，我想是有人送她禮物。」

「即使不是男朋友，也可以送她禮物吧。」

本多開著玩笑說。

「我覺得是她男朋友送她的。因為她第二天就戴了一條很漂亮的項鍊，我猜想那就是她的聖誕禮物。」

「這很難說，搞不好是她自己買的。」

「會這樣嗎？」

「這種事不重要啦，」雨宮京介不悅地插嘴說，「為什麼一直聊雅美的事？沒辦法肯定這件事和她有關。」

「但也沒辦法肯定和她無關。」田所義雄反駁道。

「而且，想聊什麼是我們的自由。——喂，久我，你在幹什麼？」

本多站了起來，探頭看向交誼廳。久我和幸時而躺在地板上，時而扭著身體。

「你看到了啊，我在做運動，身體都僵了。」

「那我也要來做……」

中西貴子也抓著腋下的贅肉小聲嘟噥。
「總覺得有點心神不寧。」
本多雄一不時瞥向久我，有點不悅地說。
所有人都吃完晚餐後，久我和幸還在做運動。中西貴子也不知道什麼時候加入了，兩個人開始做起類似瑜伽和練習腹肌的運動。活動身體有助於緩和精神上的痛苦，貴子開始像平時一樣聒譟，一掃今天早上開始的沉悶空氣。
「你們別再做了。」
一如往常地坐在長椅上看書的田所義雄忍無可忍地抗議，「你們也未免太麻木了，這種時候居然還有心情做這種事。」
「奇怪了，我——」
中西貴子正打算反駁，但似乎一時想不到該怎麼說比較好，便紅著臉看向久我，露出求助的表情。
「對，我們的確太過火了，」沒想到久我很乾脆地說，「那就暫時到此結束。」
「是嗎？我覺得還不太夠，算了，已經流汗了，我去換衣服。」
「那我也去換。」
目送兩個人上樓後，田所義雄走向正在飯廳餐桌旁喝兌水酒的本多雄一。雨宮京介已經去泡澡了。

「我討厭那個傢伙，」田所說，「完全不知道他在想什麼。」

「他很聰明，這一點錯不了。」

「他果然很可疑。」

「你真的認為他和麻倉雅美有關嗎？」

「對啊，真的啊。」

「是嗎？要不要也來喝一杯？」

「不用了，」田所步步後退，「你也有嫌疑啊。」

「也對。」本多雄一舉起杯子喝了起來。

晚上十一點多，田所義雄召集所有人到交誼廳。他提出，晚上個別睡覺太危險。

「我認為所有人都應該睡在這裡，只要把房間裡的毛毯拿來這裡就好。」

「我也贊成老弟的意見，雨宮，你應該沒意見吧？因為根據田所的說法，下一個就會輪到你了。」

「我一點都不相信這種話，但我當然贊成，而且，我正覺得有必要這麼做。」

「你呢？」田所問久我和幸，「有什麼不方便嗎？」

「不，沒有。」

久我回答得很乾脆。
「那我怎麼辦呢？」
中西貴子思考起來，幾個男人互看著。
「貴子，妳不用了，」雨宮說：「妳在自己房間睡吧。」
「對啊，如果妳睡相不好，我們也無法好好睡。」
「妳就把房門鎖好，而且，即使有人想要溜進妳房間，其他人馬上就知道。」
「好，我就去自己房間睡，那我先走一步了。」
說完，她走去自己的房間。
幾個男人各自回自己的房間搬來毛毯，在交誼廳找了一個地方睡下。但久我沒有立刻躺下，他從房間拿了檯燈，在飯廳的餐桌上開始寫東西。
「你在寫什麼？」
睡在離飯廳最近的雨宮京介坐起來問他。
「啊，對不起，燈光太刺眼了嗎？」
「那倒是沒問題……你在寫信嗎？」
「對，差不多啦。」
他收起了攤開的信紙。

「原來你在寫信。回想起來，這次的事都是源自東鄉老師的那封信。」
「不，在更早之前。」
田所義雄突然加入了談話，「是從試鏡開始的。」
「也對。」
雨宮京介似乎不想多聊這個話題，把毛毯蓋在身上說，「那就晚安了。」
「晚安。」久我說。
不一會兒，二樓最旁邊的門打開了，中西貴子走了出來。她可能想去廁所，沿著走廊走過去時，低頭看著交誼廳和飯廳，看到久我和幸還沒睡，停下了腳步。
「你在用功嗎？」
聽到頭上突然傳來聲音，久我嚇了一跳，全身抖了一下。
「啊，不，沒什麼。」
「好像在畫畫，你畫什麼？」
久我不知道貴子的視力這麼好，慌忙遮了起來。「沒什麼啦，妳還沒有睡嗎？」
「剛才可能喝太多果汁了。」
她吐了吐舌頭，走去盥洗室。
「你在畫圖嗎？」

貴子的身影消失後不久，本多雄一的聲音響起：「不是在寫信嗎？」

「隨便亂塗鴉而已。」

久我撕下那一頁，揉成一團，放進了口袋。

第四天

〔久我和幸的獨白〕

天亮了，一整晚都沒有睡好，其他三個人似乎也一樣，當我坐起來的同時，他們也在毛毯中動了起來。

「現在幾點了？」本多雄一睡眼惺忪地問。

「現在……六點半了。」

我揉了揉視線有點模糊的眼睛，看了手錶後回答。

「是嗎？那也差不多該起床了。」

本多坐了起來，打著呵欠，用力伸著懶腰。「所有男人似乎都在。」

「是啊。」

雨宮京介、田所義雄和睡覺前一樣，躺在我們旁邊。兩個人都已經醒了。

「只剩下貴子了。」本多雄一抬頭說道。

「雖然時間有點早，但去敲門看看吧。」

我覺得貴子應該百分之九十九沒問題，但還是上了樓梯。這是我昨晚想了一整晚得出的結論。

我站在門前，敲了敲門。

「中西小姐，中西貴子小姐，妳醒了嗎？」

但是，房間內沒有聲音，我又用力敲門。「中西小姐。」
其他三個男人也衝上了樓梯。
「她出事了嗎？」
雨宮京介問。
「門有沒有鎖？」
田所義雄問。我抓住門把向右轉。門沒有鎖，一下子就打開了。
化妝品的味道立刻撲鼻而來，毛毯掀開了，中西貴子不在床上。她的ＬＶ皮包敞開著，原本放在裡面的衣服和隨身用品都攤在地上。
中西貴子被殺了？
雖然覺得不可能，但還是巡視著周圍。因為我想兇手應該留下了紙條。
這時，身後響起一個聲音，幾乎響徹了整個山莊。
「喂，你們在幹什麼？」
我驚訝地看向聲音的方向，看到穿著睡衣的中西貴子頭髮凌亂地從走廊上跑了過來。
「啊……她還活著。」田所義雄小聲地說。
「真沒禮貌，怎麼可以偷看女生的房間？」
中西貴子推開我們，衝進房間，把門關上時，對我們扮了鬼臉。我和另外三個人互看著，露出了苦笑。

早餐又是輪到我和本多雄一當值日生，內容如昨天晚上預告的，是吐司和牛奶，外加速食湯。

「雖然發生了很多事，但這一切終於可以結束了。」本多雄一說。

「是啊。」

我在回答時，忍不住想，現在還不知道。離開這裡之前，一切都言之過早。

「到頭來，還是搞不清楚到底是怎麼回事。」

他嘆了一口氣，我沒有說話。

所有人都坐在餐桌前吃著最後一頓早餐。本多當著大家的面，把速食湯塊放進杯子，然後倒了熱水，遞給每個人。大家的表情似乎比前一晚開朗，應該是因為很快就可以獲得解放了。

「剛才很對不起。」

我向坐在旁邊的中西貴子道歉。

「啊喲，」她扭著身體看著我，「你應該沒有看到什麼不該看的東西吧？」

「我沒注意。」

「那就好。」

貴子也恢復了前天的表情。她的氣色很好，臉上也細心化了妝，妖媚的魅力終於復活了。我相信她在不久之後，一定會成為大紅大紫的女演員。

「幾點離開這裡？」

田所義雄啃著吐司，自言自語地問。

「退房時間寫十點。」

「那就十點離開吧。」

雨宮京介說，所有人都抬頭看著時鐘。現在是七點半。

一陣沉默。每個人都各自想著心事。

中西貴子突然說：

「我好累喔。」

「是啊。」

「好像去迪斯可盡情地跳了一場。久我，你會跳嗎？應該會吧？」

「我很少去，但隨時可以奉陪。」

「真的嗎？那我們去，我們去。」

「聽說和貴子一起去會很累，」田所義雄在一旁插嘴，「因為她會跳到內褲都露出來。」

「真的嗎？」我瞪大眼睛。

「太誇張了，只不過小露一下而已。因為穿長裙很不好跳啊。」

「真好，」本多雄一說：「你們要去的時候記得叫我，我會帶相機去，我站在妳面前時，記得要把腿抬高。」

「白癡，我又不是啦啦隊女孩。」

大家圍繞著中西貴子，聊得很開心。每個人都刻意避談這次的事件。

吃完早餐，在收拾的時候，突然覺得腦袋昏昏沉沉，連續打了幾個呵欠。

「媽的，好想睡覺。」本多雄一也在一旁嘟噥。

回到交誼廳，發現中西貴子已經躺下睡著了，田所義雄和雨宮京介也一臉昏昏欲睡。

「喂，怎麼了？吃飽了就想睡嗎？」

本多雄一在問話的同時，自己也躺了下來。

我感受到強烈的睡意，但立刻驚覺事態異常。我迅速察看周圍，看到取暖器旁掉了兩根火柴棒，我撿了起來，搖搖晃晃地走過其他人中間，終於不支倒地。

1

——交誼廳。上午八點二十分。

所有人似乎都睡著了。
事實卻非如此。最好的證明，就是有一個人坐了起來。
那個人巡視周圍，確認沒有其他人醒著，緩緩站了起來。
然後，走向躺在不遠處的雨宮京介身旁。
那個人探頭觀察著雨宮，想要確認他是不是真的睡著了。
雨宮京介似乎的確睡著了。
那個人把雙手伸向他的脖子，卻沒有馬上用力，好像在等待什麼，靜靜地維持這個姿勢。
大約等了將近二十秒，才緩緩用身體的力量用力掐他的脖子。
雨宮京介的手腳突然動了起來，扭著身體，試圖掙扎，但是，兇手跨坐在他身上，壓住他的身體，阻止了他的抵抗。雨宮雙手抓向空中，手腳很快開始痙攣。
然後，他就無法動彈了。
兇手繼續維持原來的姿勢。
當兇手站起來時，抓著雨宮京介的兩隻腳，就像之前處理笠原溫子和元村由梨江的屍體時一樣，拖著屍體往外走，雖然雨宮的身體比之前兩個女人重，但兇手還是拖著屍體從交誼廳經過飯廳，走向廚房。
十分鐘後，兇手處理完屍體後回到交誼廳，手上拿著一張紙，放在雨宮京介剛才睡的位置。然後，走向音響，開始操作起來。

完成這些作業後，那個人動作俐落地再度躺回原來的位置。

2

——交誼廳。上午十點。

音響突然打開，大音量地播放著搖滾樂。原本熟睡的人開始動了起來。久我和幸第一個醒來，坐起來後，東張西望著。

「嗯，什麼聲音啊，吵死人了。」

中西貴子捂著耳朵，久我和幸搖搖晃晃地走到音響旁，關掉了開關。

「好像事先設定了定時鬧鐘。」他說。

「誰設定的？」

本多雄一說完，看著周圍的人。

「剛才怎麼會睡著呢？」田所義雄搓著臉說，「只是突然很想睡覺，現在仍然昏昏沉沉的。」

「我也是。」

「咦？雨宮呢？」

被本多雄一這麼一問，所有人都愣住了，久我和幸撿起掉在地上的紙。

「慘了，」他小聲說道，「他出事了。」

「什麼？」

本多雄一站了起來，田所義雄也起身跑了過來，只有貴子呆然地坐在原地。

「屍體狀況，雨宮京介被人掐死——上面只寫了這句話。」

田所義雄從久我手上搶走了那張紙。

「啊，這次果然是雨宮，我早就猜到了，兇手是在為麻倉雅美報仇。」

然後，他退後一步，輪流看著久我和幸和本多雄一，「趕快說實話，到底是誰？我知道是你們其中之一，今天是你們兩個人做早餐，一定是在牛奶或是其他東西裡摻了安眠藥，讓大家睡著，然後伺機殺了雨宮。」

「喂，等一下，昨天晚餐時就說，今天早餐要喝昨天剩下的牛奶，所以，誰都可以在裡面放安眠藥，況且，我剛才也喝了牛奶啊。」

本多雄一說，「誰都有嫌疑。」

中西貴子站了起來，衝上樓梯。一走進自己房間，立刻用力關上了門。

「的確已經到了可以離開的時間，」田所義雄說，「好，那趕快離開這裡，讓一切真相大白。」

「好啊。」本多雄一說，久我和幸也點著頭。

三個人一起上了二樓，消失在各自的房間。

大約三十分鐘後，四個人再度聚集在交誼廳。可能太急著收拾行李了，中西貴子手上還拿著無法收進行李袋的衣物。

「溫子和由梨江她們的行李怎麼辦？」她問。

「就先放著吧，」本多雄一回答，「不管是真的發生了命案，還是排練而已，都保持原樣比較好。」

「如果這一切都是真的，」田所義雄瞪著本多和久我，「我絕對不會原諒兇手。」

「反正很快就會真相大白，」本多說，「那就走吧。」

「不通知一下小田先生嗎？」

「雖然應該要通知他一聲，但還是離開這裡之後再打電話吧。無論如何，都不希望在最後一刻喪失資格。」

本多雄一走在最前面，田所義雄和中西貴子也跟在他身後，但是，當他們三個人走出交誼廳時，久我和幸叫住了他們。

「請等一下。」

三個人停下腳步，回頭看著他。久我對他們說：「一切都結束了吧？」

「什麼意思？」田所義雄問。

「我在問兇手，該做的事都做完了吧？現在可以落幕了吧？」

「久我，你在問誰？」

中西貴子躲開了久我的視線，田所也閃開了，但久我的視線仍然不動。他直視著本多雄一。

本多歪著嘴笑了起來。

「你的玩笑開太大了吧？」

「你很清楚，我並沒有開玩笑。我再問你一次，你要做的事都完成了嗎？」

「喂，」本多的表情嚴肅起來，「我真的會生氣喔。」

「等你聽我說完之後再生氣也不遲。」

久我和幸說完，看著貴子和田所，「我會說明所有的情況，不好意思，可不可以請你們去遊戲室？」

「遊戲室？」田所訝異地問，「為什麼要去那裡？」

「因為那裡是最適合討論這件事的地方。」

「是喔，搞不懂是怎麼回事。」

中西貴子放下行李，走上樓梯，田所義雄也跟著她走上樓梯，但他在樓梯前轉過頭。

「本多，怎麼了？趕快上來啊。」

本多雄一皺著眉頭。

「快走吧。」久我和幸也說。

「等一下，」本多說，「你好像誤會了什麼，我們先單獨談一談。」

「不，」久我搖了搖頭，「這太卑鄙了。」

本多一時想不出該如何回答，咬著嘴唇，默默地走上樓梯。

確認所有人都上了二樓，久我和幸走向放在交誼廳和飯廳之間的架子，然後蹲了下來。

「進入尾聲了。」他說。

3

——遊戲室。

中西貴子坐在鋼琴前的椅子上，田所義雄坐在撞球台的邊緣。本多雄一靠在入口附近的牆上，貴子和田所想要問他，但他一臉陰鬱的表情，拒絕別人發問。

不一會兒，久我和幸走了進來。
「有話就快說吧。」
田所義雄迫不及待地說。
「當然，我無意故弄玄虛，請你們先看一下這個。」
久我和幸攤開左手。
「這不是用過的火柴嗎？」田所問，「火柴怎麼了？」
「這就是證據。」
久我和幸把兩根火柴放在撞球桌上，回頭看向本多雄一。
「剛才昏昏欲睡時，我立刻想到是兇手搞的鬼，兇手打算迷昏所有人，犯下第三起殺人案。於是，我在自己睡著之前，設下了一個機關，但並不是什麼了不起的機關。我假裝搖搖晃晃地走到中西小姐和田所先生的身旁。」
「走到我們身旁？」
「做什麼？」
「不是什麼大不了的機關，只是偷偷把火柴棒放在你們身上。其中一根放在中西小姐的頭上，另一根放在田所先生的肩上。」
「有什麼目的？」貴子問。

「為了鎖定兇手。因為一旦你們站起來，火柴棒就會掉落，如果你們其中之一是兇手，當醒來時，就會知道是誰幹的。當然，這並不是很可靠的方法，在翻身的時候，火柴棒可能掉落。」

久我和幸停頓了一下，「但是，剛才聽到音響的聲音醒來時，我首先看了火柴棒，你們兩個人的睡相都很好，火柴棒和我放的時候一樣。由此可知，你們兩個人不是兇手。」

「所以，」中西貴子看著本多，田所義雄也看著他。

「不一定是我啊，」本多雄一有點無力地說，「你也有可能啊。」

久我和幸緩緩搖著頭。

「不要再做無謂的掙扎了，在我知道真相的那一刻，一切都結束了。」

「真的嗎？本多，你真的是兇手嗎？」

田所義雄的太陽穴微微顫抖，但本多雄一沒有回答，始終低著頭。

「本多先生就是兇手，」久我和幸代替他回答，「我昨晚發現了這件事，火柴棒只是用來再次確認而已。田所先生，請你再繼續聽我說下去。這起事件很複雜，無法用一句話說清楚。」

「怎麼個複雜法？」

久我從口袋裡拿出一個黑色小盒子。

「你們知道這是什麼嗎？」

本多立刻驚訝地張著嘴，田所義雄打量了半天後說：「好像麥克風。」

「這是竊聽器。」久我和幸說。

「竊聽器？」

中西貴子跳了起來，跑過來看著久我手上的黑色小盒子，「放在哪裡？」

「在交誼廳架子的最下面那一層，用膠帶固定。」

「沒想到會有這種東西……」

田所義雄的臉頰抽搐著。

「這代表有人在其他地方竊聽我們的對話。」

久我和幸用沒有起伏的聲音說道。

〔久我和幸的獨白〕

「雖然之前一直沒有說，但其實我和本多先生有不在場證明。」

「不在場證明？怎樣的不在場證明？」

「無懈可擊的不在場證明。」

我把那天晚上和本多雄一所做的事說了出來，田所義雄和中西貴子都說不出話。

「既然有不在場證明，為什麼不早說？」

貴子說出了理所當然的感想。

「我也覺得納悶，」我說，「但奇怪的是，本多先生遲遲不同意向各位公布不在場證明，他說這對彼此比較有利。一開始，我也同意他的觀點，但在面臨必須公布的時候，他仍然繼續隱瞞，甚至還再三叮嚀，叫我不要說出不在場證明的事。當田所先生懷疑我，我打算公布時，他也在一旁插嘴阻止我說出來。那時候，我開始覺得不對勁，這也成為我懷疑本多先生的契機。」

回想起來，本多雄一從一開始就徹底隱瞞不在場證明的事。我睡在他房間的翌日早晨，他突然叫我回自己房間睡覺，這也是為了隱瞞不在場證明。

我忍不住思考，不公布不在場證明對本多雄一有什麼好處，但無論怎麼想，都找不到合理的答案。那麼，一旦公布不在場證明，會對他有什麼不利嗎？讓別人知道我和他不是兇手，到底會有什麼不利影響？

中西貴子不經意地說的那句話，刺激了我的思考。她說：「如果認為某個人是兇手，最後發現並不是那個人，就會很難過。」

該不會就是這樣？我突然靈機一動。

有人以為本多雄一是兇手，本多希望那個人繼續以為他是兇手，所以要求我不要說出不在場證明。

那個人是誰？為什麼本多要讓那個人以為他是兇手？既然那個人以為本多是兇手，為什麼不在大家面前提這件事？

我立刻發現這個想法有漏洞。在我向他提出共同製造不在場證明時，為了避免我們其中一方是兇手，決定讓第三者知道我們兩個人睡同一個房間。當時，本多並不知道我會在雨宮、田所、貴子和由梨江中挑選誰當證人，但他並沒有特別說什麼，是因為他覺得無論我找誰當證人都無所謂。也就是說，他希望對方誤以為他是兇手的人並不是這四個人。

推理遇到了瓶頸。我從頭開始整理思緒。哪裡有盲點？還是本多雄一隱瞞不在場證明並沒有特別的意義？

於是，我決定去問本多，是不是可以公布不在場證明了？

當時，他回答說，一旦知道我們兩個人有不在場證明，就會刺激兇手，兇手可能會狗急跳牆，殺了所有人——。

我覺得這種說法很奇怪。因為不久之前才討論過，兇手沒有時間殺害所有人，而且，如果真的擔心發生這種事，有很多方法可以預防，本多不可能沒有想到這一點。

他果然想要隱瞞不在場證明，但我並沒有深究。因為我不希望本多察覺我對他起了疑心。

他到底想要「對誰」隱瞞不在場證明？

沒想到，我意外得到了答案。諷刺的是，是本多給了我提示。

當我走出他房間時，他這麼對我說。他只是隨口說了這句話，但這句話暗示這棟房子內除了我們以外，還有其他人存在。

「因為隔牆有耳。」

如果這個山莊還有另一雙眼睛，另一對耳朵，那才是本多雄一所在意的。

想到這裡，就覺得有些事有了合理的解釋。我打算在交誼廳和他談這件事，當時交誼廳內並沒有其他人，但他立刻提議去他房間談。所以，那雙眼睛、那對耳朵搞不好就在交誼廳。

看到東鄉陣平的限時信時，我就隱約覺得有人在監視我們，我猜想東鄉用監視攝影機觀察我們。既然他指示我們把這幾天的生活當作是排練，很有可能這麼做。

難道這是「另一雙」東鄉的眼睛？

一連串的事件果然是導演策劃的嗎？

我沒有明確的答案，繼續尋找是否有監視攝影機。當然，絕對不能讓本多雄一，以及可能正在監視我們的「另一雙眼睛」發現。但是，找了很久，都沒有發現。

難道是竊聽器？我假裝做伸展操，繼續尋找。能夠同時聽到交誼廳和飯廳的聲音，而且不會受到音響干擾的地方十分有限。

於是，我發現了藏在那個架子中的竊聽器。

「問題是，」我再度遞上竊聽器，「到底是誰在竊聽。」

「果然是……東鄉老師？」

「是嗎？那本多先生為什麼要讓老師誤以為他是兇手？」

「這……我不知道。」

「如果不是老師，那又是誰？」

田所義雄的聲音微微發抖。

我走近本多雄一，把竊聽器遞到他面前。

「請你告訴我們，到底誰在竊聽？」

「……我不知道。」

事到如今，本多仍然在裝糊塗，「應該是老師吧？」

「是嗎？」我故意重重地嘆了一口氣，「那就沒辦法了，我們只能打電話問老師，馬上就可以真相大白了。現在已經過了時限，打電話應該也沒問題吧？」

「我去打電話。」

中西貴子走向門口。

「等一下。」

本多慌忙叫住了她，貴子停下腳步，本多緩緩轉過頭，「我說。」

「是誰在竊聽？」

我已經大致猜到了答案，但還是再度遞上竊聽器問。

「是雅美，」他回答，「是麻倉……雅美。」

「我就知道。」我說。

「是她在竊聽？」田所義雄問，「為什麼？」

本多雄一看著田所，露出淡淡的笑容。

「你昨晚不是說了嗎？麻倉雅美有殺死溫子、由梨江和雨宮這三個人的動機。」

「啊！所以，你是代替她復仇……」

「但和你說的動機不太一樣，而是更強烈的，可以名正言順地殺死那三個人的動機。」

「你殺了他們三個人嗎？」

「對啊。」

「王八蛋。」

田所想要撲向本多雄一，我從背後架住了他，制止了他的行為。他搖晃著乾瘦的身體，拚命掙扎。

「放開我，為什麼要制止我？難道你和兇手……你和殺人兇手站在同一陣線嗎？」

「請你鎮定，你忘了嗎？本多先生有不在場證明。」

「啊……」

原本拚命掙扎的田所好像壞掉的機器人一樣停了下來，「對喔……那兇手到底是誰？」

「兇手是本多先生。」

「什麼？你到底在說什麼？」

「所以，請你繼續聽我說下去，應該說，」我再度看向本多雄一的方向，「要聽本多先生說，我也想親口聽他說。」

「我沒什麼好說的，」他把頭轉到一旁，「我是兇手，為雅美報了仇，這樣不就好了嗎？」

「本多！」

田所義雄大聲叫道。他真煩人。中西貴子也開始哭了起來。

「本多先生，」我說，「既然你說自己是兇手，就請你說明一下，元村由梨江遇害時的不在場證明是怎麼一回事。如果你不是兇手，也請你告訴我，為什麼不惜隱瞞自己的不在場證明，也要讓麻倉小姐認為你是兇手？」

本多雄一沒有回答，但從他的表情中可以知道他很苦惱。我完全瞭解他的苦惱。

「既然你不說，那我只能說出自己的推理，只有一個答案可以說明所有這些疑問。也就是說——」

「等一下，」本多雄一狠狠瞪著我，「我不想聽，不要說。」

「本多先生，」我緩緩地搖了搖頭，「不可能一直隱瞞下去。」

「我知道，但至少現在……」

他用力咬著嘴唇，向我投以哀求的眼神。

「怎麼了？」哭得滿臉是淚的貴子問，「為什麼現在不能說？」

「因為，」我出示竊聽器，「這東西的主人在聽，本多先生不想把真相告訴麻倉小姐。」

「真相？怎麼回事？」

「本多，你趕快說吧。」

「本多先生，」我停頓了一下問，「他們三個人到底在哪裡？」

聽到這句話，貴子和田所都說不出話，呆然地看著我。

空白的時間一分一秒過去。

本多雄一用力閉上眼睛，垂頭喪氣，一字一句地說：

「雅美，對不起，我並不是想欺騙妳……」

4

——遊戲室。

「這是怎麼回事？為什麼問他們三個人在哪裡？由梨江他們還活著嗎？」

中西貴子忙碌地轉動視線問道。

「他們還活著。本多先生，我沒說錯吧？」

聽到久我的問題，本多雄一輕輕點頭，然後，閉著眼睛，從口袋裡拿出一張紙。中西貴子接過紙後，攤開一看。

「民宿『公平屋』，電話號碼╳╳╳。他們在那裡嗎？」

本多輕輕點了點頭，中西貴子蹦蹦跳跳地衝出了遊戲室。

「呃，」田所義雄還沒有搞清楚狀況，露出空虛的眼神輪流看著他們兩個人，「這到底是……？」

「這起事件有三重構造，」久我和幸說，「在一切都是表演的狀況中殺人——麻倉雅美設計了這個雙重構造的復仇計畫，但是，本多先生又在這個基礎上演戲，所以成為三重構造。」

「嗯？這是怎麼回事？所以到頭來還是演戲？」

「就是這樣。本多雄一先生在獲得三名被害人的協助下，演了這齣戲，只是這齣戲只有一名觀眾，不用說，那名觀眾就是麻倉雅美小姐。」

「怎麼……」

田所張著嘴，說不出話了。

不一會兒，中西貴子上氣不接下氣地走進遊戲室。

「我聯絡到他們三個人了，他們真的還活著。」

「啊。」

田所義雄跪在地上，雙手交握，好像在向上帝祈禱。「太好了，啊，太好了，他們還活著，啊，真是太好了。」

「他們三個人馬上就會來這裡。沒想到『公平屋』就在旁邊，真是討厭。是由梨江接的電話，我告訴她，久我識破了一切，她很驚訝。」

「謝謝。」

久我和幸向貴子行了一禮後，轉向本多雄一，「既然這樣，就等大家都到齊後再說吧，這樣也比較容易說清楚。」

本多抱著頭，蹲在地上，似乎在說，隨你們高興。

「這是怎麼回事？」

貴子剛才在打電話，沒有聽到其他人的對話，不解地問田所。

「三重構造。」

「啊？」

貴子瞪大眼睛，隨即了然於心地點了點頭。

不一會兒，傳來敲門聲，中西貴子跑過去開了門。原本以為已經死了的三個人一臉尷尬地站在那裡。

「由梨江，妳果然還活著。」

田所義雄終於見到了他的夢中情人，滿臉幸福的表情，好像隨時會喜極而泣。

「我正在演偵探呢，」久我和幸對他們三個人說，「來，三位請進來吧。」

他們一臉罪人的表情走了進來。不，他們的確是罪人。

「那就開始吧。」

偵探環視所有人，「有幾個重點，讓我推測這起事件是一齣三重構造的戲，第一個重點就在這個房間，是電子鋼琴上的耳機。」

所有人的視線都看向耳機。久我走向鋼琴，拿起了耳機。「第一起命案發生時，有一件奇怪的事，耳機的電線插在插座上，我覺得這一點很奇怪。因為遊戲室有隔音，笠原小姐為什麼要使用耳機？但是，當我之後再度來察看時，發現耳機被拔掉了。我猜想是本多先生察覺到這點很不自然，所以事後拔掉了。」

「溫子，妳當時有用耳機嗎？」

中西貴子問。溫子似乎無意再隱瞞，用力點了點頭。

「呃，為什麼？」

「因為只要用了耳機，即使有人悄悄溜進來也不會察覺，即使沒有察覺有人進來，也不會令人起疑，所以，笠原小姐用了耳機。」

「什麼？什麼？你說什麼？」

田所義雄似乎沒有聽懂，忍不住追問。

「如果沒有用耳機，」久我和幸緩緩地說，「當兇手從背後接近時，應該會聽到腳步聲，當演奏停止時，更容易聽到。」

「那倒是。」

「如果假裝沒有發現而輕易遭到殺害，很快就會被識破那是一場戲。」

「喔，也對。不，等一下，雖說是三重構造的戲，但應該不會真的上演了殺人那一幕吧？」

「不，的確演了。」久我和幸斬釘截鐵地說，「關於這一點，我等一下再解釋，但你們要記得一件事，所有的殺人戲都曾經上演。」

他似乎徹底識破了真相。

「所有的……」

田所似乎還無法理解，久我不理會他，問本多：

「你是什麼時候拔掉耳機的？」

「大家不是分頭去檢查出口嗎？那時候，我最後一個離開，在離開之前，趁大家不注意時拔掉了。我知道在有隔音牆的遊戲室內戴耳機很奇怪，但一時想不到更好的方法。」

「我知道，」久我點了點頭，又繼續說：「第二個重點，就是元村由梨江小姐遭到殺害時停電那件事。當然，那並不是偶然發生，而是有人刻意所為。我猜想可能只是暫時把電閘關掉而已，為什麼要這麼做？關鍵就在於那天晚上，我和本多先生為自己安排了不在場證明。」

本多雄一重重地嘆了一口氣。

「沒想到我答應你安排不在場證明成為敗筆。」

「是啊，但如果你不答應，你覺得會有什麼結果？」

「你當然會懷疑我。」

「而且，可能會監視你一整晚。」

「在那個階段，我還不能遭到懷疑，而且，也沒有藉口拒絕你。老實說，真的很傷腦

「於是，你就請人代替你演了殺害元村由梨江小姐的那一幕，你找了雨宮先生代勞。」

被久我指著的雨宮把頭轉到一旁，田所義雄和中西貴子似乎決定要安安靜靜地聽到最後，除了露出驚訝的表情以外，什麼都沒說。

「你是在泡完澡的時候拜託他的嗎？」

「對，沒錯。」本多冷冷地回答。

「我果然猜對了。因為本多先生剛離開，雨宮先生就走了進來。」

「但是，當時我只拜託他拖延你的時間，讓你泡久一點，我原本打算在這段時間內行兇。」

「原來是這樣，我想起來了，」久我看著雨宮，「你當時的確和我聊了很多。」

「但是，當時我沒辦法演行兇那一幕。我走到由梨江的房間前，聽到田所在房間內說話的聲音。」

田所「啊」了一聲，捂著嘴巴，害羞地低下了頭。

「原來是那個時候。」

久我恍然大悟。

本多用力抓著頭。

筋。」

「於是，我只好在雨宮的房間裡留了紙條，請他代我演那一場戲。」

「原來是這樣。」

久我和幸滿意地點了點頭，把視線移回雨宮身上，「雨宮先生一定很傷腦筋。因為，他要代替本多先生演這場戲，必須解決一個關鍵問題，那就是不能被人看到他的臉。」

「為什麼？」

中西貴子似乎無法理解，語帶慍怒地問，「我搞不懂，為什麼要演殺人戲？為什麼不能讓人看到臉？反正又沒有人看到。」

相關人員聽了她這番話，紛紛垂下視線。室內充滿尷尬的氣氛。

「算了，」久我和幸苦笑著說，「雖然我原本安排了先後順序，但這樣很難解釋清楚。其實除了田所先生和中西小姐以外的人，都很清楚是怎麼一回事──」

「只有我們兩個人狀況外嗎？」

中西貴子氣鼓鼓地問。

「我馬上解釋給妳聽。首先是剛才的竊聽器，我原本在思考，另一個人到底在哪裡監聽呢？難道住在附近的旅館嗎？所以開始思考竊聽器的有效範圍是多少。」

「應該很大吧？」

田所義雄嘀咕道，他可能沒有多思考，只是脫口說了這句話。

「但是，在繼續推理之後，遇到了必須進一步深思的問題，那就是另一個人真的只是在聽這裡的狀況而已嗎？難道不想親眼目睹嗎？」

「監視器……？」中西貴子縮著身體，檢查著周圍，「但是，剛才不是說，沒有監視器……」

「沒有監視器，」久我和幸說，「但是，我想了很久，認為另一個人，也就是麻倉雅美小姐並不會滿足於只是聽這裡的狀況而已。不，以她當初的目的，一定想親眼看到犯罪現場。」

他果然已經察覺到其中的詭計。

「即使想看，」田所義雄也不安地看著四周，「要怎麼看？」

「很簡單，但其實在我畫出這棟房子正確的格局圖之前，也對自己的想法半信半疑。」

「啊，你昨晚好像在畫這個。」

「畫了格局圖之後，我終於深信，自己的推理沒有錯。」

「你不要再故弄玄虛了，趕快說吧。麻倉雅美在哪裡？到底是怎麼監視我們的？」田所義雄心浮氣躁地問。

「近在眼前。」

「什麼？」

「趕快出來吧，我就是說妳。」

久我一轉身，指著我說。

〔久我和幸的獨白〕

「我就是說妳。」

我指著老舊的擴音器說。不，雖然是擴音器的外形，但應該並不是真的擴音器，後方的牆壁應該有一個洞，她在裡面窺視我們。

「你在說什麼啊？」

中西貴子瞪大眼睛。田所義雄呆然地說不出話。

「這個遊戲室就是第一現場，第二現場就是隔壁的房間，這兩個房間之間有什麼？」

「哪有什麼……不就是牆壁嗎？」

田所義雄不明就裡地回答。

「但其實並不是這樣，只要看格局圖就一目了然，兩個房間之間有一個和這個儲藏室相同大小的細長形空間。不，應該說，這個儲藏室原本應該有這麼大的容積。」

我看向中西貴子，「妳應該記得這棟建築物後方，豎了一個桌球台吧？」

貴子用力點頭。

「我一直很納悶，為什麼會把桌球台放在那裡，其實原本是放在這個儲藏室內的，但是，為了讓另一個人能夠躲進儲藏室，只能把桌球台搬出來。」

「所以……有人躲在那裡面？」

田所義雄臉頰抽搐，離開了牆壁。

我回頭看著本多雄一。

「可以請她出來嗎？如果她無法自己走出來，我可以幫忙。」

我向儲藏室的門跨出一步。

「不，」本多快步追上了我，「我去帶她出來。」

「拜託了。」

「本多，我也來幫忙。」

雨宮京介走了過去，但本多伸手制止了他。

「你不要插手。」

他有點垂頭喪氣地背對著我們，打開了儲藏室的門，那裡差不多是半張榻榻米的空間，裡面空空如也。

他走進去後，面向左側，雙手將隔間的杉木板向上推。隨著一聲乾澀的聲音，杉木板倒下了。不，正確地說，那只是一塊貼了杉木圖案的夾板。

「原來裡面大有玄機。」
中西貴子發出驚嘆聲。
本多把木板拆開後，自己走了進去。我們走到門口附近，不一會兒，裡面傳來小聲的說話聲。
「妳都看到了嗎？」
「嗯。」
「妳沒事吧？」
「沒事。」
喀答喀答的聲音越來越近，我們向後退，不一會兒，一個坐在輪椅上的年輕女人從儲藏室中出現了。本多推著輪椅，那個女人似乎有點畏光，把手遮在眼睛上方，不停地眨眼。
「雅美。」
中西貴子叫著她的名字，卻不知道接下來該說什麼，拚命地張著嘴。
「這是……怎麼回事？」
田所義雄也費力地擠出聲音問道，輪流看著我們的臉。
「就是這麼一回事。麻倉雅美小姐很早之前就一直在裡面，應該在我們進來之前，就已經在裡面了，我沒說錯吧？」

麻倉雅美用力點頭。她比之前試鏡時瘦了很多，下巴也變尖了，頭髮有點油膩，道盡了她這四天來的辛苦。

「為什麼要這麼做？」

田所難以理解地不斷搖著頭。

「剛才不是說了嗎？是為了看這齣殺人劇。本多先生演出了這場復仇劇，麻倉小姐是這場戲的觀眾。我們不是曾經討論過，兇手為什麼會選擇這裡嗎？這才是真正的原因。」

說完，我看著本多和麻倉雅美。「可不可以讓我進去參觀一下？」

「可以嗎？」本多問她。

「可以啊。」她回答。

我走進儲藏室，中西貴子和田所義雄也跟了進來。

「哇噢……」

貴子發出驚叫聲後，就說不出話了。

拆走隔板後，儲藏室是一個像是走廊般的細長形房間。走到儲藏室深處，三個方向的牆壁上，都有一個差不多一張臉大小的長方形的洞，必須蹲下來，才能看到外面，但坐在輪椅上，位置就剛剛好。

「啊，可以看到由梨江她們的房間。」

中西貴子看著右側牆上的洞說道，「原來使用了單向玻璃鏡。」

「從這裡可以看到交誼廳。」

我看著正前方那個洞告訴他們，由於交誼廳是挑高的空間，可以隔著走廊的欄杆，看到交誼廳和飯廳的一部分。遊戲室和由梨江她們的房間內裝了鏡子，可能也是單向玻璃鏡。「飯廳……只能看到靠交誼廳的飯桌，但我們都坐在那裡，所以也沒有問題。」

大家在飯廳時，都很自然地坐在餐桌旁，現在回想起來，似乎是本多雄一巧妙地引導了大家。

「這個洞開在擴音器的後方。」

田所義雄窺視著遊戲室說道。

昏暗中，我觀察著周圍，發現地上有一支手電筒筆，就撿起來打開了，看到了耳機和音量調節旋鈕。

「這是竊聽器的嗎？」田所義雄問。

「好像是。」

我又觀察了周圍，發現堆了不少能量補充食品和罐頭食品。她居然靠這些食物撐了四天，旁邊還有汽車用的攜帶型馬桶。看到這些東西，似乎能夠察覺到麻倉雅美內心的執著。

走出儲藏室，發現本多雄一把手伸進了麻倉雅美的脖頸後方。我不知道他在幹什麼，仔細一看，才發現他正用熱毛巾為她擦拭後背。即使我們走出來後，他仍然沒有停下手，最後還為她梳了頭髮。麻倉雅美始終閉著眼睛，聽任他的擺布。

照理說，她得知本多騙了她，應該很受打擊，但從她的臉上完全看不到這種情緒，對本多也沒有生氣。我不知道是因為他們之間的感情深厚，還是因為疲勞的關係，導致她的神經有點遲鈍，對很多事情都無感了。

笠原溫子和元村由梨江在房間角落哭泣，雨宮京介也在她們身旁神情沮喪。

「久我先生，我沒叫錯吧？」

沒想到麻倉雅美最先開了口，「請你繼續說下去。」

「好，呃，那個……」

突然被她點到名，我狼狽地站了起來。我不是在演偵探嗎？這是在幹什麼呀？

「你說到為什麼會停電。」

「喔，對，謝謝妳的提醒。」

我頻頻向她鞠了幾次躬，突然發現這樣有失偵探的威嚴，連忙微微挺起胸，輕咳了一下。

「呃，也就是說，一切都是在得知麻倉雅美小姐正在觀看的情況下演出來的。雨宮先生必須代替本多先生演殺害元村由梨江的那一幕。於是，雨宮先生就想到可以在黑暗中行兇。他關掉電源總開關後，去了元村小姐的房間。這麼一來，元村小姐即使打開檯燈，燈也不會亮，就不會被麻倉雅美小姐看到換了一個人——他八成是這麼想的。元村小姐一定覺得很納悶，因為當對方靠近，想要掐她的脖子時，她一定知道對方並不是本多先生，但是，元村小姐從我口中得知要和本多先生共同安排不在場證明的計畫，所以立刻猜到是怎麼一回事，於是，就繼續演被殺害的這一幕。以上是我的想像。」

「你的想像完全正確。」

麻倉雅美用冰冷的眼神看向元村由梨江，「由梨江演得很逼真。」

由梨江仍然哭個不停。

我看著本多雄一。

「所以，這樣就解決了殺害元村小姐的問題，但你因為和我一起製造不在場證明，最終導致了破綻。」

「是啊，」他點了點頭，「雖然你提出要讓第三者知道我們睡同一個房間這件事，但聽到你找了由梨江當證人時，我還覺得自己很幸運。」

「如果是其他人，你必須立刻去封口。因為萬一那個人不小心說出來，被麻倉小姐知道就不妙了。」

說這些話時，我想起當我告訴本多，自己選擇讓由梨江當第三者時，他臉上的表情。當時，本多很驚訝，問我是不是去了她的房間。得知我是在盥洗室前遇到她，露出鬆了一口氣的表情。原本以為他在男女關係上很保守，但事實並不是這樣。一旦我在由梨江的房間內說了和本多共同安排不在場證明的事，一定會引起麻倉雅美的懷疑。第二天一清早，本多把我趕回了自己房間，但其實他在此之前，已經去察看了雅美的情況，確認她還在睡覺。

「第三起事件沒有太大的問題，唯一的問題，就是安眠藥。安眠藥到底放在哪裡？」

「放在湯裡。」本多回答，「雖然我故意在大家面前沖泡，但其實已經事先在杯子裡放了安眠藥，當然，我和雨宮的杯子裡沒有放。」

原來是這樣——我用力點頭。

「原來你用了這一招。謎底揭曉之後，就發現很簡單，但我之前只想到牛奶。好了，以上就是為了欺騙麻倉雅美小姐所設計的這齣戲。除此以外，還有幾個地方一看就知道是本多先生和雨宮先生共謀的事情，這些之後再慢慢說吧。」

我說完後，大家的目光很自然地集中在麻倉雅美身上。她可能察覺到眾人的眼神，坐在輪椅上挺起胸，看著我們。

「好像輪到我說了。」

「我有很多問題想要問。」

「我知道，但該從哪裡說起呢？」

「當然先說動機。」

「動機喔。」

麻倉雅美閉上眼睛，然後用銳利的眼神回望著我。

5

——遊戲室。

大家都看著我。至今為止，在畫面中出現的久我和幸、中西貴子和雨宮京介都看著我……。

如今，我已經不是從制裁者的角度在看這一切，我也變成了劇中人之一。

「麻倉小姐，拜託妳，」久我和幸說，「請妳告訴我們，妳的動機到底是什麼？」

「好，」我回答說，「我全都告訴你們。」

室內的空氣很緊繃。

一切都始於那場試鏡。

東鄉陣平公布了七個人的名字，當我得知自己並不在其中時，以為哪裡搞錯了。我很有自信，自己出色地完成了所有的課題，姑且不論擁有特殊個性的中西貴子，和展現了其他流派專業演技的久我和幸，但我完全不認為自己比其他參賽者遜色。

沒想到試鏡結果令人難以置信。為什麼笠原溫子和元村由梨江合格，我卻落榜了？我在試鏡結果公布後，去找了東鄉陣平，向他質問我的演技到底哪裡有問題。

他的回答極其模糊而又不負責任。他說，劇團有劇團的方針，他只是遵循劇團的方針行事。他只用這句簡單的說詞打發我，我立刻察覺到這件事另有隱情。

我決定放棄演戲，回了老家。當務之急，必須先讓自己的心情平靜下來，趕快忘記不愉快的事。

但是，笠原溫子、元村由梨江和雨宮京介三個人卻找上門，好像故意來刺激我。他們說服我一定要繼續演戲，卻完全不知道我帶著怎樣的心情聽他們說這些話。雨宮京介的那番話深深傷害了我，他說：

「如果妳當時演馬克白夫人，評審應該會給妳滿分。」

他這番話雖然聽起來是在為我放棄自己的演技感到惋惜，但也同時說出了他內心認為我不配演茱麗葉，我卻執意要演的真心話。

笠原溫子和元村由梨江也用力點頭，同意他的這句話，很顯然地，她們內心也完全認同雨宮京介的想法。

雖然他們之後又說了很多話，但我完全聽不進去，只覺得我為什麼要承受這種屈辱，這種想法就像火山下的熔岩般在內心翻騰。

他們沒有察覺我內心的想法，不停地用露骨的奉承話繼續說服我。我的忍耐已經到達了極限，忍不住大叫：

「你們用卑劣的手段通過了試鏡，我不想被你們這種人同情。」

他們看到我突然翻臉，嚇了一跳，立刻質問我，這句話是什麼意思。我毫不客氣地說，溫子靠和東鄉陣平上床，由梨江花錢買了角色。他們當然怒不可遏，馬上站了起來。溫子表現得最憤怒，說即使我日後想回到戲劇的世界，她也不會幫我。

他們開車來飛驒高山找我，車子就停在我家門口的停車場。附近食品店的卡車停在路邊，擋住了他們的車子。我母親去食品店請司機移車，他們三個人就等在我家門口。

我在裡面的房間聽他們的談話，我猜想他們八成會說我的壞話，但是，他們甚至沒有提到我的名字。溫子調侃著打算近日訂婚的雨宮和由梨江，還開玩笑說，自己當了電燈泡，破壞了他們開車郊遊。雨宮說，既然已經來到這麼遠的地方，不妨順便繞遠路去走一走，另外兩個女人聽了都樂不可支。

聽著他們的對話，我再度感到怒氣衝天。原來他們並不是誠心來說服我，從我家回程的路上，對他們來說，只是兜風郊遊，聊一些和自己有關的開心事，完全不會提到曾經一起演戲的夥伴。想到這裡，不由得悲從中來，覺得劇團的其他成員也很快會忘了我。

我的腦海中浮現一個歹毒的念頭。我想讓他們在回程時困在半路上。我拿著冰鑿，從後門走了出去，刺破了他們的後輪輪胎，也同時刺破了備用輪胎。現在回想起來，真是很孩子氣的想法，但我那時候只想破壞他們回程兜風的計畫。

當我刺完輪胎，從後門回到家裡時，他們剛好從玄關走出來。溫子看到我時，甚至沒有向我打招呼。

食品店的卡車移開後，他們也出發了。我從二樓的窗戶目送他們離開。因為那輛車所使用的是輻射胎，所以輪胎的氣不會馬上漏完。不知道他們開到哪裡時會發現？也許會回頭來向我求助。

當我在想像這些事時，心情越來越惡劣，覺得自己做了蠢事，不由得厭惡自己，最後甚至開始祈禱他們能夠順利回到東京。

這時，我接到了電話。是溫子打來的。聽到她的聲音，我的心一沉。因為，她在電話中哭了起來。

「出大事了。怎麼辦？怎麼辦？雨宮和由梨江，他們兩個人墜落……」

「妳說什麼？我聽不清楚，他們兩個人怎麼了？」

「他們連同車子墜落山谷了，方向盤突然失靈……，我在墜落之前跳車了，但他們兩個人來不及跳車，所以就衝下懸崖了……從那麼高的地方墜落，一定沒救了。他們死了，死了。」

我的耳鳴並不是因為溫子的尖叫，一陣劇烈的頭痛襲來。我掛上電話，回到自己的房間，用毛毯蓋住頭，努力使自己的心情平靜，但是「殺人」這兩個字不停地在我腦海中打轉。我殺了他們。我殺了雨宮京介，殺了元村由梨江。

不知道過了多久，當我回過神時，已經把滑雪工具裝上車。母親不知道問了我什麼，但我完全不記得自己回答了什麼。

我打算自我了斷。既然我殺了人，等於斷絕了自己通往未來的路。

我選擇那個地方是有原因的。我從小就很喜歡滑雪，經常和同學一起相約去滑雪，但一直很在意那塊「禁止滑雪」的牌子，不知道那裡到底有什麼危險，又覺得那裡雖然危險，卻可能有機會見到以前從來不曾見過的景象。因為從來沒有去過那裡，所以盡情地張開了想像的翅膀。

因此，當我想到自己只能以死謝罪時，毫不猶豫地去了那裡。那裡一定是適合我結束生命的地方——我覺得這似乎是很久以前就已經決定的事，所以一出門就直奔那裡。

禁止滑雪的牌子換新了，但插在和我小時候見到時相同的位置，前方的雪地上完好平整，完全沒有任何滑雪的痕跡。我用力吸了一口氣，滑向平整的雪地。

我將身體的重心略微向後移，滑雪板的前端微微懸空滑行。我穿越樹林，滑下陡坡。當我穿越一小片樹林時，找到了自己的葬身之處。正前方是一片純白色的坡道，宛如一條絲帶。絲帶的前方突然消失，是黑漆漆的深谷。

我閉上眼睛，滑向死亡。幾秒鐘後，一陣天旋地轉，我失去了意識。

當我清醒時，發現自己躺在醫院的病床上。我花了一點時間，才意識到自己所處的狀況，我甚至忘了自己打算一死了之。當我想起後，對自己居然還活著感到深深的懊惱。母親流著淚，慶幸我的生還，但我甚至覺得她很煩。她問我，為什麼要去那裡滑雪？我沒有回答。我無法告訴她，因為我想一死了之。

有一件事讓我很在意。就是雨宮京介和元村由梨江的事。不知道他們的屍體目前怎麼樣了。我不經意地問了母親，母親的回答出乎我的意料。

「我已經通知雨宮先生和其他人了，他們都很擔心妳。」

「雨宮……他在那裡嗎？」

「他在劇團啊。我請他轉告笠原小姐和元村小姐，也許他們會找時間來看妳。」

雨宮京介和元村由梨江還活著……。

我終於發現自己被騙了。他們發現輪胎被刺破後，一定不知所措，然後發現是我幹的。於是，溫子才會打那通電話騙我。他們用這種方式向我復仇。溫子的演技太逼真了，我完全被她騙了。

然後，我瞭解到自己的身體狀況。雖然沒有重大的外傷，但控制下半身的中樞神經受損。正如醫生所說的，腰部以下的肌肉完全無法活動，好像失去了下半身。我連續哭了好幾天。雖說這一切是自己造成的，但想到造成這一切的過程，內心深處就湧現出憎恨的情感，當然是對那三個人的憎恨。我拜託母親，拒絕他們來探視我。

我很快出院了，但行動都必須靠輪椅。那天，本多雄一剛好來看我。雖然我暫時不想見任何人，尤其不想見到劇團的人，但得知他來了，決定和他見一面。因為本多雄一是劇團內最肯定我演技的人，平時也對我很好，我隱約覺得他對我有好感，他也曾經在聖誕節時送我項鍊，但是，我從來沒有把他當成戀愛或結婚的對象，只覺得他是好朋友。

本多雄一帶著花束、古典音樂的ＣＤ、漫畫和科幻電影的錄影帶來看我，都是我喜歡的，想到我之前忘了世界上還有這些東西，忍不住喜極而泣。

他和我聊了很多事，唯獨避開了我的腿、滑雪、表演和試鏡這幾個話題，我猜想他事先做了充分的準備。

本多雄一讓我心情稍微放鬆，但這種情況沒有持續太久，在他離開後，寂寞和痛苦好像海嘯般襲來。我用刮鬍刀割腕。這是我二度企圖自殺。

我呆然地注視著從手腕流出的血。雖然聽到母親的聲音，但我無力回答，希望死神趕快現身。

這時，突然聽到本多雄一的聲音。我以為是幻聽，沒想到並非這麼一回事。他衝到我身旁，用旁邊的毛巾用力綁住我的手腕，幾乎把我弄痛了。他不停地說，不要做傻事，不要做傻事。當我回過神時，發現母親也不知所措地站在旁邊。

我剛出院，又再度去了醫院包紮了傷口。說來慚愧，刀傷並沒有深及動脈，只是割破皮膚而已，即使不理會它，也很快就會止血。聽了醫生的話，我覺得自己連自殺這件事也做不好。

之後，只剩下我和本多雄一兩個人。他去了車站，原本打算回東京，但覺得我的表情不對勁，所以又回來看我。

我把一切都告訴了他，把那三個人來看我，以及我為什麼想要自殺的事告訴了他。他完全理解我的痛苦、我的悲傷和我的憤怒。我坐在輪椅上，他把臉埋進我的雙腿哭了起來，最後大叫著說，絕對不饒恕那三個人，一定要讓他們知道這一切，讓他們跪在我面前道歉，直到我願意寬恕他們。

然而，我對本多雄一搖了搖頭。即使他們道歉，也無法找回我的未來。即使他們暫時感到自責，時間一久，就會忘了我的事。因為他們都有一個美好燦爛的未來。我對本多雄一說，雖然你現在願意為我付出，但時間一久，就會忘了我這個殘障的女人，偶爾回想起來，就會覺得曾經遇到過這樣一個女人。他聽我說完後，臉上泛著紅暈，用強烈的語氣說：

「雅美，妳不相信我嗎？我打算一直陪在妳身旁。妳可以命令我，我願意為妳做任何事。我該怎麼做？妳希望我為妳做什麼？」

本多雄一大喊著，但是，我無法輕易接受他的熱情，因為嘴上說說太容易了。

「好啊，」我說，「你可以幫我殺了那三個人嗎？」

他聽了這句話，有點手足無措，我繼續說道：「看吧，你做不到吧？不要對我信口開河。」

他沉默片刻後抬起了頭，看著我的眼睛說：

「好，那我就去殺了那三個人。」

〔久我和幸的獨白〕

「那時候，我的確遲疑了一下。」

聽完麻倉雅美的自白，本多雄一開口說了起來，「但我並不是在猶豫，而是在確認自己的心意。不瞞各位，在聽雅美說那些事時，我就想要殺了他們三個人。或許有人會說雅美是自作自受，但我認為不是這樣，他們三個人首先應該思考，為什麼雅美會刺破他們的輪胎。即使是報復行為，溫子的謊言也太過分了，太超過了，我無法原諒。」

「全都是我的錯。」笠原溫子哭得比剛才更傷心了，「是我出的主意，當輪胎破了，我們被困在半路時，我立刻想到是雅美搞的鬼，所以想要教訓她……如果她誤以為發生了車禍，導致兩個人死亡，一定會反省自己做的事。都是我，都是我不好。」

元村由梨江摟著嚎啕大哭的她，也流著淚說：

「不是溫子一個人的錯，我也沒有阻止她。」

「我也是。」

三個人爭相開始懺悔，我用手勢安撫了他們，轉頭看向本多他們。

「所以，你們就設計了殺人計畫嗎？」

「計畫是我一個人設計的。」

麻倉雅美說著，環視室內，「這個山莊是我叔叔的，當我決定要復仇時，立刻想到了這棟房子。你知道為什麼嗎？」

「因為這棟房子內有機關。」

我用大拇指指著儲藏室。

「對。我不希望本多在其他地方殺了他們，就像你說的，我想要親眼目睹復仇的過程，否則，無法發洩我的心頭之恨。」

「所有的窺視孔都是原本就有的嗎？」

「原本只有一個。我叔叔這個人不太正經，經常透過那個窺視孔偷看隔壁的房間。我猜想應該是有年輕女客人投宿時，他會躲進儲藏室裡偷窺。」

「妳叔叔就是那位小田先生嗎？」

麻倉雅美點了點頭。我想起第一天見到的那名中年男子，他看起來很老實淳樸，沒想到是個變態。

「那可以窺視交誼廳和這個房間的窺視孔呢？」

「是我拜託叔叔做的，也請他幫忙裝了竊聽器，和杉木圖案的隔板。」

「所以，妳叔叔也知道這個殺人計畫？」

中西貴子張大眼睛問，麻倉雅美搖了搖頭。

「他什麼都不知道，我只告訴他，大家要來這裡排練，但這次的排練會像實際在這裡生活，而且是導演東鄉老師的指示，我奉老師之命，要偷偷觀察大家，所以要躲在秘密的地方。叔叔聽了之後，很開心地為我張羅好一切。」

「看來他耳根子很軟。」中西貴子小聲地說。

「這棟房子很快就要拆了，我叔叔是很隨便的人，導致經營似乎出了問題。這麼老的房子，每個房間沒有浴室和廁所，現在的年輕人根本不願意來住。所以，他覺得在牆上鑽幾個洞根本無所謂。」

「因為生意不好，所以即使整整包下四天也沒問題。」

麻倉雅美點頭同意我說的話。

「對啊，我叔叔打算在黃金週時接幾組客人，然後就關掉這間民宿，在此之前，就是所謂的『開店休業』狀態，所以，一開始我說要借四天排練，他還覺得很麻煩，我說只要準備食材和燃料，其他都不用操心，他也不需要住在這裡時，他才突然欣然答應。他似乎也很滿意我要躲在秘密空間裡這件事。」

我想起小田伸一在第一天說的話。他說，是透過中間人接受了東鄉的預約，原來那個中間人就是麻倉雅美。當時，他當然知道雅美會躲在儲藏室裡。看來，他的演技也很出色。

「一切準備就緒，就等你們上門了。」

「以東鄉老師之名寫的那封信，當然也是出自妳的手吧？」

「對。我從本多口中得知，雖然之前舉辦了試鏡會，但東鄉老師陷入了瓶頸，可能暫時寫不出劇本，只是以他的性格，不可能把這些實話告訴你們。所以，我很有自信，你們不會知道那封信是假的，只是信封不能被蓋上飛驒高山的郵戳，所以就請本多去東京寄出那些信。」

沒想到東鄉果然陷入了瓶頸，原本我還打算乘這個機會一炮而紅，看來這份野心也沒指望實現了。

「為什麼不是找復仇對象的那三個人而已，而是把所有通過試鏡的人都找來？」

「當然是為了避免引起懷疑，因為我想要出色地完成這個計畫。」

「原來如此，妳說的對，」我嘆著氣說，「妳的計畫的確很出色，一個接一個地殺了那三個人，而且，相關者既無法報警，也無法逃離這裡。在這種狀況，這是唯一可行的方法。」

她終於露出淡淡的微笑。

「你之前也這樣稱讚我，如果這是真實的事件，就是完美的殺人計畫。」

「我不是在稱讚妳，而是感到害怕，對兇手的才華感到害怕。所以，」我抬起視線，「本多先生聽了這個計畫後，並沒有忠實地執行。可不可以請你說一下其中的過程？」

「在此之前，我要說一件事，」本多雄一說，「雅美隱瞞了一件事。」

麻倉雅美聽了，驚訝地扭著身體看著他。

「我什麼都沒有隱瞞啊。」

「不，我心裡很清楚。正因為知道，所以才能夠理解妳為什麼會刺破輪胎。」

他原本看著我的雙眼緩緩向旁邊移動，「雅美……喜歡雨宮。」

「啊？」

中西貴子的驚叫聲卡在喉嚨裡，我也同樣驚訝不已。

「本多，你……」

「沒關係，不必再隱瞞了。我知道自己喜歡的女人所有的一切。」

本多雄一自嘲地笑了笑，看著我，「你稱讚了她演的茱麗葉。」
「對。」
「但是，那些腦袋空空的評審卻看不出她的優點，全被由梨江的美貌迷惑了。當然，這不是由梨江的錯，問題是為什麼雅美要演茱麗葉。」
我當然不可能知道其中的理由，只能默默搖頭。
「因為當時雨宮演的是羅密歐。」
我忍不住「啊」地叫了一聲。我想起來了。
「雖然雅美什麼都沒有說，」他的雙手輕輕按住她的肩膀，「但我猜想和喜歡的男人一起演《羅密歐與茱麗葉》應該是她的夢想。雖然這麼說有點那個，但雅美可能永遠都沒有機會演茱麗葉。不過，這正是我喜歡她的地方。」
麻倉雅美垂著雙眼，靜靜地聽著他說話。我由此得知，本多的話並非謊言。
「正因為這樣，」本多再度露出嚴肅的表情，「我無法原諒雨宮他們對雅美所做的行為，尤其是雨宮說的話。被演羅密歐的演員，而且是自己喜歡的男人說，妳不適合演茱麗葉，這個打擊有多大？而且，傳聞要和雨宮訂婚的由梨江和溫子也都同意。」
「但是，」中西貴子說，「因為他們不知道雅美喜歡雨宮，這也是無可奈何的事啊。」
「不，他們知道，所以才會邀雨宮一起去說服雅美，因為她們覺得雅美會聽雨宮的話。」

「是這樣嗎？」

中西貴子問，笠原溫子輕輕地點頭。

「當初的確……是這麼想的。」

「而且，他們沒有察覺自己的行為深深地傷害了雅美，雨宮和由梨江打算帶著約會兜風的心情回東京，溫子在一旁調侃他們，神經太大條了，雅美當然會火冒三丈。」

「本多，別說了，被你這麼一說，我覺得自己更可憐。」

「啊，對不起。」

被雅美打斷後，本多雄一慌忙道歉，然後又看著我說：「總之，我聽了她的話之後，感到怒不可遏，想要殺了他們，但是，隨著時間的流逝，我覺得自己做不到。說到底，我只是一個平凡人。」

那不是平凡，而是正常人。

「聽雅美說她的計畫時，我覺得她打算在復仇之後自我了斷。你之前也說了，這個計畫對於復仇結束之後要怎麼做這個部分很不清楚，雅美說，她自有打算，但我覺得根本沒有方法可以讓她逍遙法外。」

「妳有什麼打算？」我問麻倉雅美。

「他說的對，」她無奈地回答，「我打算自殺，然後留下自己是兇手的遺書。我不想讓本多背負兇手的罪名。」

「但是，」我看著她的下半身，「妳不可能行兇。」

「是啊，但沒有方法可以證明不是我幹的啊。」

「這……」

我不知如何回答，只能沉默不語，然後看著本多，請他繼續說下去。

「總之，我覺得自己不能執行這個計畫，」他再度說了起來，「我也可以拒絕雅美，但這麼一來，雅美對他們三個人的憎恨無法消失，之後也會繼續痛苦下去。於是，我想到可以當作一場戲來演。我告訴他們三個人實情，他們三個人都答應配合，但是，我並不感謝他們，我覺得這是理所當然的。」

「你覺得演給麻倉小姐看，她就會滿意了嗎？」

「不，不是這樣，我相信她會在中途喊停。雖然她痛恨他們三個人，但不可能漠視三個朋友接二連三地被殺害，我相信她一定會發現自己想要做的事有多麼可怕。到時候，即使知道一切都是演戲，就會鬆一口氣，不可能生氣。所以，我特地叮嚀她，遇到緊急狀況時，要用力敲牆壁。」

「結果還是一直執行到最後。」

「是啊，太出乎我的意料了，」本多垂著頭說，「我以為她至少會在殺雨宮的那一幕喊停。」

難道她內心的憎恨這麼深嗎？

「我有一個疑問，本多先生，你不是找到了殺害元村小姐使用的凶器嗎？有什麼特別的用意嗎？如果沒有發現那個凶器，計畫應該會更順利。」

「雅美一開始就是這麼計畫的。她說，如果當事人不知道自己為什麼被殺，就無法達到復仇的目的，所以，要讓第三個人知道，這齣殺人劇或許是真的，讓那個人感到恐懼，思考兇手的動機。當我得知第三個人是雨宮時，我終於恍然大悟，她想讓雨宮知道，自己是兇手。」

「所以，你們原本就料到在討論動機時，會提到麻倉雅美小姐的名字嗎？」

「對，如果沒有人提，我就會主動提出，到時候，雨宮會拚命否認雅美是兇手的說法，田所很配合地加入了討論。但是，在溫子遭到殺害後，你馬上提到雅美的事，讓我慌了手腳，因為那時候還沒想到有人會提到她。」

我回想起當時的事，當時，除了本多雄一以外，雨宮京介也不想讓我繼續說下去。

「花瓶上的血是哪裡來的？」

「這裡啊。」

本多挽起左手的袖子，手肘下方貼了一塊ＯＫ繃。

「我用刮鬍刀稍微劃了一刀，反正不會知道是誰的血。」

「那倒是。」

「你的直覺太厲害了，還有貴子。在談到處理屍體的事時，想到了古井的事，幫了大忙。」

貴子聽到自己被稱讚，露出開心的表情。

「我是為了雅美而做了這一切，並不是想騙她，但是，如果雅美要恨我，我也接受，因為除此以外，我想不到其他的方法。」

雖然本多雄一說話的口吻有點心灰意冷，但這或許就是他表達愛情的方式。我注視著麻倉雅美，她從剛才就一直維持相同的表情。

她在所有人的注視下開了口。

「我……知道這一切都是演出來的。」

不知道誰倒吸了一口氣，發出了「咻」的聲音。我連續眨了好幾次眼睛。

「妳知道？什麼時候知道的？」本多雄一問。

「一開始就覺得不太對勁，因為一切未免太順利了。由梨江和溫子剛好選擇那個房間，第一天晚上，溫子一個人彈鋼琴，她戴耳機這一點也很奇怪，但是，直到第二天晚上，我才確信這齣戲是要演給我看的。」

麻倉雅美露出真摯的眼神，抬頭看著呆然站在那裡的田所義雄，「田所，你不是去了由梨江的房間，向她求婚嗎？」

田所突然被點到名，而且提及他內心的秘密，他驚訝地張著嘴，愣在那裡。

「當時，由梨江不是對你說，她和雨宮之間真的沒什麼。看到她的態度，我終於知道，原來由梨江知道我在監視她。」

「啊！」

由梨江的臉痛苦地扭曲著，用雙手捂住了臉。

「所以，妳明知道是騙局，還看到最後嗎？」本多雄一問。

「對啊。」

「為什麼？」

「這個嘛，」她偏著頭說：「我也不知道。最初得知是演戲時，我的確很生氣，但我沒有想要喊停，只想看下去，要看看你們到底怎麼演。」

然後，她看著悲傷嘆氣的三個人說：「你們的演技很出色。」

「雅美。」

雨宮京介終於無法按捺情緒，跑向輪椅，在麻倉雅美面前跪了下來。「對不起，我不敢奢求妳的原諒，但請讓我有機會補償妳，只要我能夠做到的任何事，我都願意去做，妳儘管吩咐我。」

笠原溫子和元村由梨江也哭著跪了下來。

「他們打算放棄演戲，」本多說，「希望能夠為妳做點什麼。」

「是喔……」

麻倉雅美低頭看著他們三個人，然後緩緩搖頭說，「很遺憾，我對你們沒有任何要求。」

三個人同時抬起頭。

「因為，」麻倉雅美說，「因為既然我沒有成為殺人兇手，首先就要尋找自己力所能及的事。」

「雅美……」

淚水從本多雄一的眼中流了出來。麻倉雅美輕輕握住他放在自己肩膀上的手。

「請你們不要放棄演戲，」她對三個人說，「經過這一次，我再度深深地體會到，演戲很棒、很美好……」

剛才一直壓抑內心情緒的麻倉雅美終於忍不住哭了起來。

站在我旁邊的田所義雄也哭了，中西貴子已經哭成了淚人兒。

真受不了這些人，未免太脆弱了吧。現在的觀眾很有鑑賞能力，這種鬧劇無法滿足他們，況且，我這個偵探的焦點完全被模糊掉了。

虧我為這齣推理劇做了這麼完美的收場——。

怎麼回事？我的淚腺也癢癢的。太蠢了，我怎麼可以為這種小事流淚，現在如果流淚，真的變成鬧劇了。不能哭，不能哭，不能哭。

中西貴子不知道什麼時候走到我身旁，遞上縐巴巴的濕手帕說：

「給你。」

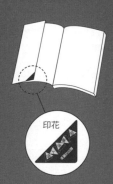

☐集滿4個印花贈品（二款任選其一）：

A：【推理謎】LOGO皮質燙銀典藏書套一個
（黑色，25開本適用，限量1000個）

B：【推理謎】吉祥物『獨角獸』圖案皮質燙金典藏書套一個
（咖啡色，25開本適用，限量1000個）

☐集滿8個印花贈品（二款任選其一）：

C：【推理謎】LOGO皮質燙金證件名片夾一個
（紅色，11.5cm x 8.6cm，限量500個）

D：【推理謎】吉祥物『獨角獸』圖案環保購物袋一個
（米色，不織布材質，41.5cm x 38.6cm，限量1000個）

☐集滿12個印花贈品（二款任選其一）：

E：【推理謎】LOGO不鏽鋼繩鑰匙圈一個
（限量500個）

F：【推理謎】吉祥物『獨角獸』圖案馬克杯一個
（白色，320cc容量，限量500個）

謎人俱樂部會不定期推出最新限量贈品提供兌換，請密切注意活動官網和粉絲專頁。

【注意事項】
◎本活動僅限台灣地區讀者參加。
◎贈品兌換期限自即日起至2025年12月31日止（以郵戳為憑）。
◎贈品圖片僅供參考，所有贈品應以實物為準。
◎所有贈品數量有限，送完為止。如讀者欲兌換的贈品已送完，皇冠文化集團有權直接改換其他贈品，不另徵求同意和通知。贈品存量將定期在【謎人俱樂部】活動官網上公佈，請讀者在兌換前先行查閱或直接致電：（02）27168888分機114、303讀者服務部確認。
◎皇冠文化集團保留修改或取消謎人俱樂部活動辦法的權利。辦法如有更動，將隨時在【謎人俱樂部】活動官網上公佈。

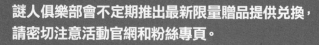

國家圖書館出版品預行編目資料

在大雪封閉的山莊裡 / 東野圭吾著；王蘊潔譯 . --
初版 . -- 臺北市：皇冠，2013.11　面；公分 . --
（皇冠叢書；第 4349 種）（東野圭吾作品集；18）

譯自：ある閉ざされた雪の山荘で
ISBN 978-957-33-3032-5（平裝）

861.57　　102021269

皇冠叢書第 4349 種
東野圭吾作品集 18

在大雪封閉的山莊裡

ある閉ざされた雪の山荘で

作　　者—東野圭吾
譯　　者—王蘊潔
發 行 人—平　雲
出版發行—皇冠文化出版有限公司
台北市敦化北路120巷50號
電話◎02-27168888
郵撥帳號◎15261516號
皇冠出版社(香港)有限公司
香港銅鑼灣道180號百樂商業中心
19字樓1903室
電話◎2529-1778傳真◎2527-0904
總 編 輯—許婷婷
美術設計—王瓊瑤
著作完成日期—1996年
初版一刷日期—2013年11月
初版九刷日期—2024年9月
法律顧問—王惠光律師
有著作權・翻印必究
如有破損或裝訂錯誤，請寄回本社更換
讀者服務傳真專線◎02-27150507
電腦編號◎527015
ISBN◎978-957-33-3032-5
Printed in Taiwan
本書定價◎新台幣260元/港幣87元

謎人俱樂部贈品兌換卡

我要選擇以下贈品（須符合印花數量）：☐A ☐B ☐C ☐D ☐E ☐F

1	2	3	4
5	6	7	8
9	10	11	12

【個人資料蒐集、利用及處理同意條款】

您所填寫的個人資料，依個人資料保護法之規定，皇冠文化集團將對您的個人資料予以保密，並採取必要之安全措施以免資料外洩。您對於您的個人資料可隨時查詢、補充、更正，並得要求將您的個人資料刪除或停止使用。

本人同意皇冠文化集團得使用以下本人之個人資料建立該集團旗下各事業單位之讀者資料庫，做為寄送出版或活動相關資訊、相關廣告，以及與本人連繫之用。本人並同意皇冠文化集團可依據本人之個人資料做成讀者統計資料，在不涉及揭露本人之個人資料下，皇冠文化集團可就該統計資料進行合法地使用以及公布。

☐同意　☐不同意

我的基本資料

姓名：________________

出生：________ 年 ________ 月 ________ 日　性別：☐男 ☐女

職業：☐學生 ☐軍公教 ☐工 ☐商 ☐服務業

☐家管 ☐自由業 ☐其他 ________________

地址：☐☐☐☐☐ ________________

電話：（家）________________ （公司）________________

手機：________________

e-mail：________________

我對【東野圭吾作品集】系列的建議：

寄件人：

地址：□□□□□

北區郵政管理局登
記證北台字1648號
免 貼 郵 票

〔限國內讀者使用〕

105020

台北市敦化北路120巷50號

皇冠文化出版有限公司　收